庫

# 52ヘルツのクジラたち

町田そのこ

中央公論新社

目次

# 52ヘルツのクジラたち

# 1　最果ての街に雨

明日の天気を訊《き》くような軽い感じで、風俗《ふうぞく》やってたの？　と言われた。フウゾク。一《いっ》瞬《しゅん》だけ言葉の意味が分からなくてきょとんとし、それからはっと気付いて、反射《はんしゃ》的に男の鼻っ柱めがけて平手打ちした。ばちんと小気味よい音がする。

「馬鹿《ばか》？　あんた」

失礼なことを言ってきた男は、わたしが家の修繕《しゅうぜん》をお願いした業者で、村中《むらなか》という。部屋の床板が腐《くさ》ってぶよぶよしていて、このままじゃ家の中で落とし穴にはまってしまうと思ったから、急ぎで直してくれと依頼《いらい》した。彼がこの家に来たのは下見を含めて今日で三日目。暑い中の作業は大変だろうとこまめに冷たい飲み物を出し、お茶菓子《ちゃがし》まで用意して心配りした依頼主に、なんて言い草だろうか。

「なに失礼なこと訊いてんすか！」

村中の部下——たしかケンタとか呼《よ》ばれていた——が慌《あわ》てる。それからわたしにぺこぺこと頭を下げた。ピンク頭に鼻ピアスという攻めたスタイルのわりに、真面目《まじめ》そうな態度《たいど》だ。

「すんません、すんません。眞帆《まほろ》さんに悪気《わるぎ》はねえんす。ただ、頭の中のこと垂《た》れ流しで、このひと」

「てことは、頭の中でずっと考えてたってことだよね？　この女、風俗上がりだろうなって」

職に貴賤《きせん》はない。それは分かっているけれど、しかしあまりにも無神経《むしんけい》な物言いではないだろうか。一時間前に、三時のおやつとして冷え冷えのメロンを出してやった恩《おん》も忘れたのかと村中を睨《にら》む。年はわたしより多分いくつか上の、三十前後。短く刈《か》った黒《くろ》髪《かみ》や、日に焼けた筋肉質な腕《うで》が逞《たくま》しい。黙々《もくもく》と仕事をこなす様とかケンタに指示を飛ばす姿とか好印象だったけれど、一気にクソ男まで降格《こうかく》だ。鼻の頭を真《ま》っ赤《か》にした村中は困ったように頭を掻《か》いて「そうじゃなくて」と言った。

「ばあさんたちがきっとそうだって騒《さわ》いでるから、否定《ひてい》してやろうと思って」

「意味が分かんないんだけど」

辛抱強《しんぼうづよ》く村中の話を聞くと、どうやらわたしはこの周辺の住人の間で、東京《とうきょう》から逃げてきた風俗嬢《じょう》という話になっているのだという。縁《えん》もゆかりもない大分《おおいた》県の小さな海辺の町にひとりで越してきたのはヤクザに追われているからで、そのうえ体のどこかにヤクザに切りつけられた傷《きず》を抱《かか》えている、らしい。

「でも、どうもばあさんたちの噂《うわさ》とは違うみたいだから、ちゃんと確認をして、な」

否定してやろうと思ったんだ、と村中はぶっきらぼうに言う。わたしは、はあ、と間《ま》の抜けた声を洩《も》らした。

わたしがここに越してきて、三週間ぐらいだろうか。この町は田舎《いなか》すぎて満足に店もなくて、コンビニすらない。食料品は車で二十分のところにあるゆめタウンか、徒歩《とほ》で十五分のところにあるコンドウマートのどちらか。わたしは免許《めんきょ》を持っていないのでコンドウマートを選《えら》ぶしかない。コンドウマートは倉庫を改装《かいそう》した感じの店で、食料品から日用品、衣料品や農機具まで扱っている。南国風の奇妙《きみょう》な柄《がら》ワンピやTシャツが、胴《どう》付き長靴《ながぐつ》や業務用ブルーシートの傍《かたわ》らに並んでいる店内はとにかく雑多《ざった》でまとまりがない。最初のころは物珍《ものめずら》しさでうろちょろしたものだけれど、すぐに飽《あ》きた。わたしには必要のないものばかりで、必要だと思うものはバリエーションが少なすぎる。シャンプーが一種類しか置いていないなんて、どういうことだ。

そのコンドウマートくらいしか出かけていないのに、一体どこで目について噂にまでなったのか。村中に訊くと、どうもそのコンドウマートであるらしい。誰《だれ》とも満足な会話もしていないのに？　と首を傾《かし》げるが、店の隅《すみ》にあるイートインスペースに常駐《じょうちゅう》している集団がいるのだという。そう言われれば、ベンチやテーブルが置かれたデッドスペースがあって、いつも誰かしらがいたような気がするけれど、興味《きょうみ》がないので気にも留《と》めていなかった。しかし向こうはめちゃくちゃ興味津々《しんしん》で、わたしを観察していたのだそうだ。

「訳ありの雰囲気《ふんいき》だし、働く様子はないのに金を持ってそうだし、これはきっとそうに違いないってばあさんたちが勝手な臆測《おくそく》をして盛り上がってるんだ。この町は小せえし、年寄りはいつも暇《ひま》してるから、新しいモンがきたら一度は騒ぐんだ。三島《みしま》さんはその中でも、特に興味引きやすいんだと、思う」

村中の祖母《そぼ》は、コンドウマートの集団のひとりなのだという。同居している孫《まご》が噂の女の住む家の修繕に通い出したと知って、しつこく様子を訊いてくるのだと村中は少し恥《は》ずかしそうに言い、頭を下げた。

「うちのばあさんは、とにかく思い込みの強い声のデカいひとなんだ。でも、間違いだって分かれば、訂正《ていせい》の声もデカくて」

だから訊いたんだ、としょんぼりと言う顔を見つめながら、面倒臭《くさ》いなあと思う。風俗嬢でも何でも、どう思われてもいいんだけどな。今みたいに直接訊いてこられたら殴《なぐ》ればいいし、わたしの知らないところで囁《ささや》かれるならどうでもいいし。でも村中はそれはよくないと考えたんだろう。

「どうして、噂と違うと思ったの？」

とりあえず訊くと、村中が「何となく」と言う。

「地に足がついた感じがする。丁寧《ていねい》に掃除《そうじ》してるし、食材の選び方もいい。仮に住んでるだけとは思えない」

はあ、と気の抜けた声が出る。言われた通り、この家には長く住むつもりだ。だから、お金をかけて修繕なんてしてもらっているのだ。

「それに、玄関《げんかん》に花を飾《かざ》ってるし、庭木の手入れもしてるだろ」

この家には海が見える縁側と、狭《せま》いけれど庭があって、わたしの最近の仕事は庭いじりだ。秋には海に浮《う》かぶ月を眺《なが》めつつ一杯やりたいなあ、と考えている。

「風俗嬢でもそれくらいすると思うけど？」

仕事に対する偏見《へんけん》では。そう言うと、村中は「ぶっちゃけてしまうと、風俗嬢の匂《にお》いがしない」と言った。お前もそう思うって言ってたよな、とケンタに同意を求め、それまでそわそわとわたしたちの様子を窺《うかが》っていたケンタは、顔を真っ赤にして狼狽《うろた》え始めた。

「俺らの知ってるのと雰囲気全く違うもんな。こんなん、違うよな」

「な、なんちゅーこと言うんすか！　ほんともう、黙《だま》ってくださいよ」

ケンタがわたしに「すんませんすんません」と頭を下げる。それから、「でも、違いますよね？」と訊いてきた。こいつも、気になってはいるのか。

「そういう仕事に就《つ》いたことはない」

ため息を吐《つ》くと、ケンタがほっとした顔を見せた。

「追ってくるようなヤクザもいない」

言いながら、だんだん腹《はら》が立ってくる。なんでわざわざ、こんな説明をしなきゃならないんだ。近所に引っ越しの挨拶《あいさつ》とかしてないけど、しなくちゃいけなかったの？　こういう事情でやってきたんですけど、って？　ていうか、どうして近くに住んだだけで身元証明《しょうめい》しなくちゃならないんだ。

ああ、もう。引っ越してくる土地を間違えたのかな。他人と関わり合いたくなくてここまで来たのに、結局同じじゃないか。おへその少し上の辺りがぎゅっと疼《うず》き、思わず手をあてて気付く。

「ねえ、どうしてヤクザに切りつけられたなんて……」

問おうとして、しかしすぐに思い至る。あの個人病院だ。傷口が痛くて堪《たま》らなかったから、痛み止めと抗生剤《こうせいざい》を貰《もら》いに行った。

「信じらんない。個人情報ダダ洩れかよ」

思わず脱力《だつりょく》して、座り込んだ。これって訴《うった》えられるんじゃないの。

「傷は、本当なのか」

村中が驚《おどろ》いたように言う。その間抜けな顔を睨みつけ、「どうせあんたもペラペラ話すんでしょ」と言った。

「もうどうでもいいや。ヤクザに追われてる風俗嬢でもAV女優でも、どうとでも言えばいいじゃん。どう思われようが平気だし」

本当は追い出してやりたいところだけど、床だけは直してもらわないと困る。寝室《しんしつ》にする予定の洋室が酷《ひど》い有様で、その部屋には荷物の搬入《はんにゅう》すらできていないのだ。

「話はもういいから、さっさと床直して」

もう、一緒の空間にいたくない。立ち上がり、メッセンジャーバッグを摑《つか》んだ。

「十八時まで出てるから、それまでに終わらせて」

「あ、三島さん！　あの、待って！　ほんと、謝《あやま》りますんで！」

ケンタが上ずった声をあげるが、無視して家を出た。

潮《しお》臭い風が、怒りで火照《ほて》る頬《ほお》を撫《な》でた。どこへ行こうかと周囲を見回して、やっぱり海だなと思う。密集した家の隙間《すきま》を縫うように走る小路を下ると、十分もせずに海に出るのだ。

わたしの住む家は、小高い丘のほぼ頂上《ちょうじょう》にある。わたしの家から裾《すそ》に広がる海の間には数十軒の古い家屋があって、その半分ほどが空き家だ。昔は漁場《ぎょじょう》として栄えたらしいけれど、今は漁師《りょうし》になるひとが少なくて、その上どんどん都会に移り住んでいくとかで活気がない。とにかくひとがいない、と言っていたのは転入届を出しに行った役所のおじさんだった。そのときは、若いひとの転入は大歓迎《だいかんげい》だって喜ばれたんだけどなあ。そしておじさんは、港や魚市場がある所まで出ればお店が増えて賑《にぎ》やかだとも言っていたけれど、東京に住んでいた身としては五十歩百歩だった。

潮で錆《さ》びたトタン屋根や固く閉めきられた雨戸を眺めながら、ゆるやかな坂を下る。かつてこの一帯の網元《あみもと》一家が住んでいたという大きな屋敷をぐるりと迂回《うかい》して通りに出ると、定規《じょうぎ》で線を引いたような堤防が現れる。ところどころにひびの入ったコンクリート製のそれには、いくつか金属製の梯子《はしご》がかかっている。釣《つ》り人がかけたのだろうか、堤防の上にはいつも、釣糸を垂らしている人影《ひとかげ》を見つける。今も、少し離れたところにふたりいた。腰《こし》の曲がったおじいさんたちで、あのふたりは毎日のようにいるのだが釣れたところを見たことがない。今日もきっと釣れないのだろう。

梯子を上ると、海が広がっている。右手側に港と魚市場があって、船が何艘《なんそう》か停《と》まっているのが遠目に見える。左手の奥《おく》には、海岸。地元の子どもたちの遊び場のようで、よく賑やかな声が響《ひび》いている。ここからでは豆粒《まめつぶ》ほどにしか見えないけれど、今も何人か遊んでいるようだ。風に乗って、楽しそうな笑い声が聞こえる。世間的にはそろそろ夏休みに入っているころなのだろうか。

じりじりと焼けるコンクリートの上に仁王立《におうだ》ちし、「失敗した」と小さく声に出して呟《つぶや》いた。強い日差しを遮《さえぎ》るものがないのに、ノーガードで出てきてしまった。グレーの長袖《ながそで》パーカーにデニムパンツだから手足はある程度防げるけれど、問題は顔。ノーメイクなのだ。わたしは肌が弱くて、すぐに真っ赤になるというのに。家に戻って、日焼け止めを塗《ぬ》りたくりたい。ついでに日傘《ひがさ》とか持ってきたい。振り返り、家のある方向を仰《あお》ぎ見る。小さな平屋建ての我が家《わがや》は、ここからだとブルーの屋根しか見えない。屋根を見つめていると、苛々《いらいら》がぶり返してきた。

あの家で、静かに暮らすつもりで越してきた。ひとりでそっと生きていきたかった。そのために、あの家を手に入れたのだ。不便なこともあるけれど、選んだのは自分なのだから馴染《なじ》んでいけるよう努力していくつもりだった。なのに、まさかこんな風に土足で踏《ふ》み込んでくる人間がいるなんて。

「ムカつく」

家に帰りたいけれど、クソ男どもと顔を突き合わせるのは嫌《いや》だ。仕方がないとため息を吐いて座り込んだ。せめてもの抵抗《ていこう》としてパーカーのフードを目深《まぶか》にかぶり、足を海側に放り出す。ぶらぶらと足を揺《ゆ》らしながら、遠くに視線を流した。揺れる水面が、夏の日差しを受けて眩《まぶ》しく煌《きら》めいている。水平線と入道雲がうつくしく分断され、海鳥が優雅《ゆうが》に舞《ま》っている。潮風が頬を撫でるように通り過ぎていった。バッグを開き、中からMP3プレーヤーを取り出した。イヤホンを耳に押し込み、電源を入れる。

目を閉じて、耳を澄《す》ます。遠く深いところから振動してくるような歌声が、鼓膜《こまく》を揺らす。泣いているような、呼びかけているような声。聴きながら、アンさんを思い出す。アンさんだったら、笑うだろうな。キナコは顔がいかがわしいからなーって。それでわたしは、顔がいかがわしいって何よ、顔がわいせつ物ってことなのって突っ込んで、アンさんはもっと笑ってわたしの頭を撫でる。嘘《うそ》だよ、きっとキナコが垢抜《あかぬ》けていて可愛《かわい》いから、みんないろいろ想像しちゃったんだよ。でも、こんなに可愛らしい子がたったひとりで田舎に移り住む、なんて夢いっぱいのシチュエーションで、そんな安い想像しかできないなんて残念なひとたちだよね。まるで、往年の児童アニメのオープニング的な展開なのにさ。わたしの頭を何度だって撫でて、そう語ってくれただろう。

想像するだけで、胸の奥が温かくなる。そんなやりとりがあれば、わたしは笑ってやり過ごすことができただろう。わたしって怪《あや》しく見えるんだね、なんて感心すらできたかもしれない。

でも、アンさんはもういない。

「どうして、わたしを一緒に連れて行ってくれなかったの？」

ひとり呟く。無理やりでいいから、一緒に連れて行って欲しかった。あの時のわたしは、何も見えていなかった。誰の忠告も耳に入らなかった。だから、強引にしてくれないとだめだったんだ。アンさんなら、わたしをどこに連れ去ってくれてもよかった。でも、わたしのためにそこまでしろなんて、あんまりにも自分勝手すぎるよね。こんなだから、アンさんはわたしを置いて行ってしまったんだ。

イヤホンの声に意識を向ける。絶え間なく聞こえる声は深く響いてやまない。声はいつしかアンさんのものに代わり、アンさんが遠く近くなりながらわたしを呼んでいるような気がしてくる。ねえ、キナコ。キナコ、キナコ。アンさんの声はいつだってわたしを呼ぶばかりで、わたしの問いには答えてくれない。それはきっと、わたしへの罰《ばつ》なのだろう。

ぽつ。手の甲《こう》に何か当たって目を開ける。いつの間にか頭上に重たそうな雨雲が広がっていた。驚いたのとほぼ同時に、勢いよく雨が降り始める。慌てて立ち上がり、雨宿りできそうな場所を探す。MP3プレーヤーをバッグに突っ込んで、一番手近な空き家の庇《ひさし》の下に駆《か》け込んだ。びしょ濡《ぬ》れになったフードを脱ぎ、空を仰ぐ。通り雨と思いたいけれど、灰色は遠くの空まで広がっている。そういえば、ラジオの天気予報で夕方から雨とか言っていたような気もする。しばらくは雨が続くとか、なんとか。腕時計を見たら、十八時まで三十分以上ある。こんなことならバッグに文庫本の一冊でも忍《しの》ばせておくんだった。そのまま膝《ひざ》を抱えて座り込み、壁《かべ》に背中を預けた。

目の前に、雨の紗幕《しゃまく》がかかっている。やっと馴染んできた風景が顔つきを変えて、見知らぬ場所に迷い込んだような錯覚を覚える。さっきまでと空気の温度も変わって、やわらかな雨音だけが耳に優しく響く。かさかさと音がして目を向けると、どこから現れたのか小さなカエルが這《は》っていた。雨に呼ばれて出てきたのだろうか。

「どうして、こんなところにいるんだろうね」

小さく独《ひと》りごつ。何もかも捨ててここに来た。なのに、わたしだけ置いて行かれたような、そんな焦燥《しょうそう》感が胸の奥で燻《くすぶ》っている。今すぐどこかへ行きたくて、でもそのどこかはここのはずなのに。

膝を抱え直し、目を閉じようとしたとき、水を跳《は》ねる足音がゆっくりとこちらに近づいてきているのに気が付いた。思わず身構えると、サーモンピンクのTシャツにデニム姿の子どもが、傘も差さずに歩いてきた。遊んでいて、雨に降られたのだろうか。

「ねえ、あんた。こっちで雨宿りしたら？」

思わず声をかける。俯《うつむ》いているから顔のつくりが分からないけれど、肩まで伸びた髪や、線の細い体つきで、中学生くらいの女の子だと推察する。

「ねえ、こっち」

立ち上がり、少し声を大きくしてもう一度声をかける。女の子は雨に焦《あせ》る様子もなく、ただ濡れている。前髪越しにちらりとわたしを見たから、手招きする。

「おいでよ」

女の子は足を止め、不思議そうにわたしを見つめた。しかしそれは一瞬のことで、ついと目を逸《そ》らしたかと思えば再び歩き始めた。ねえ、と声をかけたけれど、振り返ることもしない。女の子はあっという間に、雨の向こうに消えていった。

「変な子」

少しくらい反応してくれてもいいのに、と思う。まあ、ここで雨宿りをしていたって、止《や》むのかどうかも怪しいところだけれど。座り直して、再び空を見上げた。この調子じゃわたしもびしょ濡れで帰らなくちゃならないかもしれない。ため息を吐くと、今度は勢いよく走ってくる足音がした。次いで「三島さん！」と大きな声がする。

「三島さん！　三島さん！」

走りながらわたしの名を叫《さけ》んでいるのは、どうやら村中らしかった。うるさいし、迷子でもないんだからそんな風に探すのは止めて欲しい。返事をするのも嫌で黙っていたけれど、声はどんどん近づいてくる。

「三島さん！　あ、いた！」

大きな黒い傘を差した村中は、壁と同化できなかったわたしに気付き、駆け寄ってくる。わたしの前でぜいぜいと全身で息をしてから「よかった」と言った。

「傘、持ってなかったこと思い出して」

「はあ」

こめかみから流れているのは、雨ではなさそうだ。村中は「ごめんなさい」と深く頭を下げた。

「俺、いつも物言いが悪くて怒られるんだ。嫌な思いをさせて、ごめんなさい」

大きな体躯《たいく》を丸めているのを、下から見上げる。少しだけ村中の右巻きのつむじを眺めていたわたしは、「いいよ」と言った。

「アンさんに慰《なぐさ》めてもらったから、もういい」

村中が「誰」と顔を上げる。そのぽかんとした汗だくの顔に思わず噴きだしそうになった。

「とにかく、怒ってない。その代わり、わたしの素姓《すじょう》とか事情を探るようなことはもう訊かないでほしい。不愉快《ふゆかい》なの」

「分かった。ばあさんたちにも、絶対に突撃《とつげき》しないようにきつく言うから」

「突撃？」

村中は手の甲で汗を拭《ぬぐ》いながら、「この辺りのばあさんたちは、遠慮《えんりょ》がないんだ」と言う。だから、集団で囲んで三島さんを質問攻めにするくらいのことはする。そんでもって、必ず口出しまでする。極めつけに、それを良かれと思ってやるもんだから、性質《たち》が悪い。

「うわ、最悪」

思わず顔を顰《しか》める。想像するだけで過呼吸を起こしてしまいそうだ。村中はうん、と素直に頷《うなず》いた。

「だから、そんなことをする前にどうにかしようと思ってたんだけど、結局俺もばあさんたちと同じだったな」

叱《しか》られた子どものような情けない顔を見て、村中の暴言《ぼうげん》は善意《ぜんい》からだったのだと、ここでようやく理解した。

「もういいよ。でも、その突撃ってのは絶対に止めさせて」

力強く村中が頷く。それから、手にしていたもう一本の傘をわたしに差し出した。

「床板の張替えは、全部終わった。家具移動、手伝わせてくれないかな」

寝室に入れる予定の箪笥《たんす》やベッドは、廊下《ろうか》に置かれたままだ。ひとりでやろうと思っていたけれど、男手が使えるのなら、頼《たの》もうか。少しだけ悩んで、傘を受け取った。

「じゃあ、その分もお金払うからお願い」

「いや、お詫《わ》びだから。これは、うちのサービスってことで」

村中が顔を明るくする。意外と、表情が豊かだ。

「ケンタもいるし、すぐ終わるよ」

ふたり並んで歩きだす。しばらく無言で歩いていると、ふと思い出したように村中が口を開いた。

「そうか。あの家のせいかもしれない」

意味が分からずに顔を向けると、村中は「あの家に住んでいるから、ばあさんたちは三島さんのことを風俗嬢なんて言ったのかもしれない」と言う。

「なんで」

「あの家は、芸者をやっていたばあさんがひとりで住んでたんだ。昔取ったなんとかってやつなのか、長唄《ながうた》を教えていた。垢抜けてて、すっきりとした綺麗《きれい》なひとだったよ。だから、この辺りの女好きのじいさんどもが競って稽古《けいこ》に通ってさ。うちのじいさんなんか入りびたりで、ばあさんとしょっちゅう喧嘩《けんか》してた」

そうだそうだ、と村中は懐《なつ》かしそうに目を細める。

「きっと、ばあさんたちにはそのイメージが残ってるんだな。三島さんには関係ないのになあ」

傘をくるくるまわしながら、ふうん、と相槌《あいづち》を打つ。

「そういうことなら、どちらにしてもわたしは風俗嬢って言われてたと思う」

「なんで」

「その芸者だったばあさんって、わたしの祖母だもん」

村中が足を止める。呆気《あっけ》にとられた顔に、「縁もゆかりもない土地に来たわけじゃないよ」と言う。親が長く放置して持て余していたから、譲《ゆず》り受けて引っ越してきたのだ。

「ここには、子どものころに何回か来たことがある。おじいさんたちに可愛がられた覚えがあるから、村中のおじいさんも、その中にいたのかもね」

みんな優しくしてくれて、わたしは海が見える小さな家が好きだった。

「だから、この土地にはいい印象を持ってたんだけど。そうか、そういうことならおばあさんたちには嫌《きら》われちゃうね」

まあ、どうでもいいけど。肩を竦《すく》めたわたしに対し、村中の方はおろおろしていた。焦る顔に、「おばあちゃんのことを綺麗って褒《ほ》めてくれたんだから、気にすることないよ」と言う。村中は、ちょっと面白い男かもしれない。

「いままで無口でいたのって、失言が多いから？」

訊くと、村中はしおしおと頷く。

「いつも、一言多いと怒られる」

当初抱いていた寡黙《かもく》な職人像はすっかり崩《くず》れきってしまった。ひとの事情に下衆《げす》に踏み込んでくるクソ男というのとも、少し違った。そんなに悪いやつではないのか、いやしかし、ひとというのは分からない。村中の奥にはぞっとするような冷たい一面が潜んでいて、それが何かのきっかけで表面にでてくるということは充分あり得るのだ。

遠くで雷《かみなり》の音がする。村中が、「早く帰った方がいい」とわたしを促《うなが》して先を歩きだす。振り返ると、海の向こうに稲光《いなびかり》が見えた。

*

雨が降り始めて、五日が過ぎた。夏の長雨は気温を下げて、驚くほど過ごしやすい。

日課の庭の手入れができないので、縁側で昼寝をしたり本を読んだり、雨でくすむ海をぼんやりと眺める日々を過ごしていた。

　今日も、午後から縁側に寝ころび、空を眺めていた。雨雲は厚く、晴れ間はどこにも見えない。暇つぶしに流しているラジオからは、数年前に流行《はや》ったポップスがジャズアレンジされて流れている。

「猫《ねこ》でも、飼おうかなあ」

　ぽつんと呟いてみる。それからすぐに、わたしって弱い人間だなと思う。そういえばこの五日間、誰とも口をきいていないな。その前だって、村中以外とはまともに話してないんだった。などと考えたすぐあとにそんな台詞《せりふ》がでてくるなんて、弱すぎる。

　東京のマンションを引き払うときに、携帯電話も解約した。誰にも――友人や工場の同僚《どうりょう》たちには黙って、ひとりで大分に越してきた。実母だけはここにいると知っているけれど、あのひとはわたしと縁が切れたと喜んでいるはずだから、わざわざ来るはずもない。みんな、いずれはわたしのことなど忘れ去ってしまうだろう。

もう、誰とも関わり合いたくない。そう願ってそれを叶《かな》えたのに、温《ぬく》もりを求めている。寂《さび》しいと思ってしまう。

『貴瑚《きこ》はひとの温もりがないと生きていけない弱い生き物だよ。寂しさを知る人間は、寂しさを知ってるからこそ、失うことに怯《おび》えるものだから』
美晴《みはる》の声が蘇《よみがえ》って、気分が沈《しず》む。美晴は、わたしが世界の果てにひとりでいたころを知っている。わたしが、どれだけ温もりを求めていたかも。
美晴はわたしの入院先までやって来て『だからって、馬鹿だよ』と怒鳴《どな》った。こんなことしなくたって、あんたの周りにはたくさんのひとがいるじゃない。あんたはあんな男の愛情に固執《こしつ》しなくたってよかったんだ。あまりにも、周りを軽んじてるんじゃないの。
ベッドの上で、わたしはわたしへの非難《ひなん》の声を黙って聞いた。確かに今のわたしは孤《こ》独《どく》ではない。でも、たったひとつの応《こた》えなければならないものを傷つけてしまったのだ。こうでもしなければ、わたしは結局は死んでいたはずだ。
ちり、とお腹《なか》の奥が疼いて顔を顰める。Tシャツの上から手をあてて、そっと撫で擦《さす》
メロディが遠ざかり、代わりに女性パーソナリティの華《はな》やかな声が響く。九州地方は停滞前線の影響《えいきょう》で現在長雨が続いていますが、前線はゆっくりと北東に移動しています。週明けには晴れ間が見えるとのこと。みなさん、ようやく夏が戻ってきますねえ。
外は、雨。この雨が止む時がくるなんて、到底思えない。お腹を撫でながら、立ち上

がった。

「買い物、行こう」

声に出して言ってみる。家に籠《こ》もっているから、いけないのだ。久しぶりにコンドウマートに行こう。ちょっといいお肉とワインを買って、豪勢《ごうせい》な夕食を作ろう。財布《さいふ》を持って、家を出た。

買い物になんか出なきゃよかったと思ったのは、支払いを終えてからだった。レジ袋に商品を詰《つ》めていると肩を叩《たた》かれ、振り返ると知らないおばあさんが立っていた。この店で買ったのだと思われる、リアルなゾウ模様《もよう》のムームーを着ている。

「あんた、人生の無駄遣《むだづか》いやがね」

おばあさんは強い方言を交え、まくしたてるように話し始めた。聞き取れる単語を拾い集めると、どうもわたしが働かずに暮らしていることを責《せ》めているらしい。若いのにとか人生のさぼりとか言っていて、それをぼうっと見ているわたしに腹が立つのかどんどんヒートアップしてくる。濁《にご》った目が、わたしを逃がすまいとぐるぐる動いている。疋《ひき》何だこれ、と眺めていると、店長の名札を付けたおじさんが慌てて間に入って来た。疋田《た》さんダメでしょう、と言っているのを聞いて、村中じゃなくてよかったと頭の片隅で思う。ていうか村中、絶対阻止《そし》するって言ってたのはどうした。何となく周囲を見回すと、店内のほとんどのひとがこちらを見ていた。困ったように眉《まゆ》を下げているひとよりも、余興でも眺めているような愉快そうな目を向けているひとが多い。

「……あの。わたし、もう行っていいですか」

言うと店長は「すみません、どうぞどうぞ」と申し訳なさそうに頭を下げ、疋田とやらは「誰かが言うてやらにゃあ」と声を大きくする。知らんふりしてどうすっとね。あんなのを認めてたら人間が駄目になるが。いや、ありゃもう駄目人間やが。生きてるだけ、無駄よ。その声を背に、店を出た。

調子に乗って赤ワインを二本も買ったから、袋が重い。手のひらに食い込む袋をぎゅっと握り、もう片方の手で傘を差す。雨は勢いを増すばかりで、それに比例して気が滅《め》入《い》ってくる。ああ、買い物になんか出るんじゃなかった。家でカップラーメンでも啜《すす》っておけばよかったのだ。

薄いゴムサンダルを履《は》いた足は跳ねた泥水《どろみず》で濡れ、Tシャツはしっとり湿《しめ》って肌《はだ》に張り付く。湿気を吸うと膨《ふく》れてしまう天然パーマの頭は、きっとぼさぼさだろう。

強い風が吹いて、傘が手元からむしりとられるように飛んでいった。舞い上がった傘は、空き家の門扉《もんぴ》の前にふわりと落ちた。追おうとして、しかし止める。急に、どうでもよくなった。どうせ三百円のビニール傘だ、惜《お》しくもない。傘どころか、手にした買い物袋すらもういらないと思う。ワインのボトルなんて砕《くだ》けてしまえばいい。肉だってガラス片まみれになってしまえばいい。何もかも投げ捨てたい衝動に駆られて、でもそんなことしたって感情をセーブできない自分を嫌悪《けんお》するだけだ。叩きつけるのをどうにか堪《こら》えた瞬間、お腹に刺《さ》すような痛みが走った。息が止まって、その場に座り込む。地面に放るように置いた袋の中のワインが、がしゃがしゃと音を立てた。

痛い、痛い。包丁《ほうちょう》が突き刺さったあの時と同じ痛みで、息ができない。もしかして、傷が膿《う》んだりしてる？　ううん、あれはもう治ったはずだ。あの個人病院の医者だって、気持ちの問題が大きそうですねと言ってたじゃないか。でも痛い。お腹を押さえて、蹲《うずくま》る。体が勝手に震《ふる》え、涙《なみだ》がぼろぼろと零《こぼ》れた。このまま、死んでしまうかもしれない。誰もわたしを知らない場所で、ひっそり死んでしまうかもしれない。

「アンさん、アンさん」

こんなとき、呼んでしまう名前はひとつしかない。

「助けて、アンさん」

食いしばった歯の隙間から絞《しぼ》り出すように言うと、ぴたりと雨が止んだ。驚いて顔を上げると目の前にジーンズを穿《は》いた足がにゅうと伸びていて、もっと見上げると、飛んでいったはずのわたしの傘を差した女の子がいた。サーモンピンクのTシャツや長い髪に見覚えがあって、以前に見た子だと思う。泣き顔のわたしを見て、女の子は驚いたように目を見開いた。

この子はどうして、わたしのところに来たのだろう。だってこの間は、何度声をかけたって足を向けようとしなかった。なのにどうしていま、このタイミングで？

女の子が小首を傾げて、自分のお腹の辺りを撫でる。何か問うように唇《くちびる》が動くが、音は出ない。喋《しゃべ》れないのだろうか。無意識に少女を観察していたわたしは、シャツの袖の奥を見て一瞬息を呑《の》む。ちらりと、見慣れた色を見つけた気がした。

「あ……、その。だ、いじょうぶ」

さっきまでの暴力的な痛みは、ゆっくりと収束している。涙を拭って言うと、女の子は頷いた。耳は聞こえているらしい。

「あの、ありがとう」

女の子は、わたしだけに傘を差しかけてくれている。自分の傘は持っていないらしく、ぐっしょり濡れている。その濡れそぼった体を見て、彼女がやけに薄汚れていることに気付く。シャツの襟元《えりもと》は薄茶色く染まり、袖や裾はほつれている。ジーンズも同じような状態で、履いているスニーカーはボロボロなうえサイズが合っていないようだ。髪も、伸ばしているのではない。伸びきっているだけだ。

わたしの顔から痛みが消えたことが分かったのか、女の子はわたしの目の前に傘を置き、さらりと立ち去ろうとする。その服の裾を慌てて摑んだ。待って待って、と縋《すが》る。女の子がびくりと震えて振り返り、わたしを見た。

「あ、あのね。また痛くて動けなくなっちゃうかもしれない。だから、その……家まで送って！」

ここで別れてはいけない気がして、必死に言った。そうだ。さっき、お肉買いすぎちゃったの。食べきれないし、一緒に食べてくれないかな。ステーキ好き？　わたし肉を焼くの、めちゃくちゃうまいんだよ。女の子は顔を強張《こわば》らせて唇を動かすけれど、音はない。

「いい？　ありがとう。じゃあ行こう。この坂道の上の家なの」

意思が伝わりにくいのをいいことに、女の子を半ば無理やり連れ帰った。

帰りついてすぐに、お風呂《ふろ》の支度《したく》を始めた。玄関で立ち尽くしている女の子は顔色を真っ青にしているけれど、気付かないふりをする。帰りたそうなそぶりを見せたら、「もう少しいてね。わたし、またお腹痛くなるかもしれないから」と言って引き留めた。そしてお湯が溜《た》まったあたりで、「お風呂入ろう」と手を摑んだ。首を振って嫌がるけれど、「わたしのせいで風邪《かぜ》をひかせたら大変だから」と引きずるように脱衣所まで連れて行った。彼女を怖《こわ》がらせないように笑顔を作っていて、その笑顔の陰でわたしって本当に馬鹿だなと思う。猫を拾おうとしてるのだ。いや違う。そんなんじゃない。でも、善意だけでもないんじゃないの?

「一緒に入ろう。わたし、寒くて死にそう」

脱衣所のドアの前で固まってしまっている女の子の前で、服を脱ぐ。雫《しずく》が垂れるTシャツやジーンズを洗濯機《せんたくき》に放って下着姿になって振り返ると、女の子が息を吞んだ。視線の先は、わたしのお腹だ。おへそより五センチほど上のところの、まだ鮮《あざ》やかな傷痕《きずあと》を凝視《ぎょうし》している。わたしはそこを指差して、へらりと笑った。

「これねえ、刺されたの。包丁で、さくっと」

殺してやると包丁を持って暴《あば》れたのはわたし。でもそれはあのひとの体にかすり傷ひとつ負わすことなく、わたしのお腹に沈んだ。

「ちょっと、いろいろあってさ。それよりさ、お風呂入ろう」

わたしより少し背の低い女の子は、近づくとツンと臭《にお》った。髪も、脂《あぶら》が浮いている。

「せっかく可愛い顔をしているのに、手をかけないなんて罪《つみ》だよ、罪」

一緒にお風呂に入って、徹底的に洗ってやろう。服に手をかけると女の子は抵抗するように身を捩《よじ》らせたけど、わたしの傷を気遣っているのか本気でないのが分かる。Tシャツを力任せに剝《は》いだわたしは、絶句した。

肋骨《ろっこつ》の浮いた痩《や》せた体には、模様のように痣《あざ》が散っていた。体を隠すように身を捩るが、その背中にも痣がある。

さっき、袖の奥の肌に痣を見た気がしたけれど、やはり見間違いじゃなかったのだ。それにしても、この数はなんだ。一度や二度の暴力でつくものじゃない。これは常に、痛みに晒《さら》されている体じゃないか。

「あんた……やっぱ虐待《ぎゃくたい》されてる、よね？」

思わず訊いて、しまったとすぐに悔《く》やむ。こんな訊き方でいいわけがない。案の定、顔色がさっと変わったかと思えば、ドアを開けて逃げるように出て行った。玄関の引き戸が乱暴に開閉された音を聞く。慌てて追いかけようとしたけれど、自分が下着姿だということに気付き、「くそ」と舌打ちする。手にしていたものを床に叩きつけようとして、しかしそれはあの子のTシャツだったことに気付く。握《にぎ》りしめたままだったのだ。手にしているだけで臭うシャツを眺めて、呟く。

「しかも、男だったか……」

骨ばった薄い体は、少年のものだった。綺麗な顔立ちと髪のせいで、見誤《みあやま》っていた。わたしは自分に観察力がないのをすっかり忘れていた。

しかし、全く手をかけられていない服装に、あの全身の痣。間違いなく、あの子どもは虐待を受けている。どうしたらいいのだろう。こういう時は、通報する？　温もりの残る服に視線を落として考える。警察《けいさつ》の介入《かいにゅう》によって救われる子どもは、たくさんいるだろう。けれど、介入によってもっと酷い目に遭《あ》う場合があることも、わたしは知っている。それに、わたしはあの子の情報を何ひとつ持っていない。

しとしとと、雨が降る。わたしが招き入れたものは、なんだろう。手にしたものを見つめた。

## 2　夜空に溶ける声

六時半になると、我が家の近くでラジオ体操《たいそう》をする集団がいるようだ。囁くようなざわめきが集《つど》ったあとに、聞きなれたあのメロディが風に乗って流れてくるのだ。何日か、その音を目覚ましに起きたわたしは、ふと思い立ってどこでどんなひとたちが集まっているのか、見にいくことにした。

海辺の町の朝は、涼《すず》しい。優しい潮風が流れている。Tシャツに短パンで外に出たわたしは家の前で大きく伸びをして、深呼吸した。見上げた空にはまだ雲はなく、澄んだ青が広がっている。今日も暑くなりそうだ。

音のする方に耳を澄ませながら歩く。坂道を中ほどまで下った辺りから脇道《わきみち》に入ると、広場のある建物があった。近辺は散策したつもりだったけれど、こんな場所があるなんて知らなかった。公民館的な場所なのだろうか。広場の中央では、子どもや老人たちが体操をしていた。ざっと見回すと、老人の方が多いのが分かる。しかし、わたしが思っていたよりも子どもがいた。母親と一緒の小さな子や、中学生ではないかと思われる背の高い子もいる。

子どもたちの中に、あの少年の姿はない。もしかしたら、と思っていたのだけれど。

「何だね、あなたは」

老人のひとりがわたしに気付き、近寄って来た。白髪《しらが》を綺麗に撫でつけ、ぴんと背筋を伸ばしたおじいさんだ。老人の年なんてよく分からないけれど、シミとか皺《しわ》の感じだと七十前後ではないだろうか。首から『ほがらか老人会　会長』という札を掛けている。おじいさんはわたしを見回して「ああ」と納得したようにひとりで頷いた。

「あなた、上に越してきたというお嬢さんだね？　お名前は何とおっしゃるのかな」

「あ、ええと、三島と言います。初めまして」

頭を下げると、おじいさんは胸元で揺れる札を示した。

「このあたりの老人会で会長をしている、品城《しなぎ》です。夏休みなので、子どもたちと一緒に毎朝ラジオ体操をしているんだよ。そうだ、あなたも参加しなさい」

歯を見せて笑う顔は、どこかきっぱりしている。態度や言葉に「テキパキ」と音がつきそうな感じだ。どうしたものかと思っていると、頭がつるつるのおじいさんが「先生はいいひとだから、そう警戒《けいかい》すなよ」と割り込んできた。なぜか上半身が裸《はだか》で、下はどこかの学校ジャージ——木山《きやま》とネームが刺繍《ししゅう》されたものを穿いている。

「定年まで中学校の校長先生をやられていた、立派なおひとやけんな。安心せえ。わしみたいなもんが声かけたら、逃げてもええけども」

ひゃっひゃっと笑うその顔は、自身で言うほど悪いひとではなさそうだ。そのおじいさんを品城さんは「市川《いちかわ》さん」と呼んだ。木山じゃないんかい。

「もうラジオ体操が終わります。すんませんが、子どもたちのカードにハンコをついてやってください」

わたしは、へえ、と小さく口の中で呟いた。懐かしい。夏休みの朝はラジオ体操に行くのが当たり前で、その時に参加カードを持っていくのだ。目を擦《こす》りながら通って、カードをハンコでいっぱいにしたものだ。皆勤賞《かいきんしょう》の子は青いクジラの形の貯金箱が貰えて、ああそうだ、あの貯金箱は真樹《まさき》にとられたんだった。欲しい欲しいってあまりに泣くものだから、母がわたしから取り上げた。でも、真樹は欲しがりのくせに飽きっぽくて乱暴で、クジラの貯金箱は三日後にはこなごなに割れてしまった。ゴミ箱に入れられた青い破片《はへん》を、哀《かな》しい気持ちで眺めたのを思い出した。わたしはクジラが欲しくて頑張《がんば》っていたのに。

品城さんがわたしにカードを差し出してくる。

「あなたにも、これを」

「はあ、どうも。あの、この辺りの子どもはみんな参加しているんですか」

受け取りながら品城さんに訊くと、彼は少し鼻を膨らませて笑った。

「そうだよ。この周辺の子どもたちは夏休みになるとみんな、ここに来る。毎年の恒例《こうれい》なんだ。子どもと老人が支え合っている地域だと、テレビ取材も受けたことがあるんだ。わたしがインタビューを受けたんだ。なかなか映《うつ》りがよかったと好評でね」

へえ、と曖昧《あいまい》に笑って返す。どうも自慢のようだけれど、全然羨《うらや》ましくないしな。どう反応すればいいのか分からなくて困る。それに、そんなことよりもあの子どものことが気になる。もっといろいろ訊きたいけれど、怪しまれかねない。どうしたものかと思っていると、「三島さんは、お勤めはされていないらしいね」と言われた。

「はあ。よくご存じで」

コンドウマートの常駐組なのか、いや、常駐組が老人会に在籍しているのかもしれない。どちらにせよ、この辺りの老人のネットワークは、きっと魚とり網よりも強く細かく広がっているに違いない。張り付けた笑顔の下で、老人たちが網を引きあう想像をした。わたしはそこに搦《から》め捕《と》られたイワシみたいなものか。

「どんな理由があるのかは知らんが、一刻《いっこく》も早く仕事を見つけなさい。無職の大人がウロウロするのは、子どもの教育に良くない。大人として恥ずべきことだよ」

品城さんは明るく朗《ほが》らかに言う。しかし内容は先日のおばあさんと全く同じで、わたしは自分の顔が強張るのが分かった。何がいいひとだよ。ただの嫌みジジイじゃん。

「ひとの事情を無遠慮に詮索《せんさく》することも、子どもの教育に良くないと思いますけど？　とにかく、お邪魔《じゃま》してごめんなさい」

こういうのには関わらなければいい。わざとにっこり笑ってみせて、その場を後にした。カードは、広場の出入り口にあったゴミ箱に放った。

その日の午後、珍しく玄関でチャイムが鳴った。もしかしたらあの少年かもしれないと慌てて出てみれば、ビニール袋を提《さ》げた村中だった。今日は休みなのか、Tシャツにチノパンというラフな格好をしている。

「なんだ、村中か」

がっかりしてため息交じりに言うと、村中は「ひでえ」と肩を落とした。

「そんな、嫌なもの見たような顔しなくてもいいじゃん」

「嫌ってわけじゃないけど、何の用？　こないだの費用はもう振り込んだはずだけど」

前回よりも親しげに接してくる村中に警戒していると、村中は両手で捧《ささ》げ持つようにして、パンパンに膨れたレジ袋をわたしに向けた。

「これ、よかったらどうぞ」

袋の中身は、たくさんのアイスだった。スイカバーやバニラモナカ、濃厚チョコアイスなどバラエティに富んでいる。どうして、と目で問うと村中は「や、あれからどうしてるかなって思って」と言う。

「それと、死んだじいさんの古いアルバム漁《あさ》ったらこんなのが出てきたから」

次に渡《わた》されたのは、色あせた数枚の写真だった。見れば、それらには亡《な》き祖母が写っている。長唄の稽古でのワンシーンだろうか。髪を綺麗に結《ゆ》い、着物姿で微笑《ほほえ》む祖母の周りで何人かの男たちが畏《かしこ》まって正座している。別の写真は、夏祭りのもののようだ。櫓《やぐら》を囲んで踊《おど》る浴衣《ゆかた》姿のひとたちの中で笑っている祖母がいる。

祖母の遺品《いひん》を、わたしは何ひとつ持っていない。祖母が亡くなったとき、母が祖母の持ち物を全て捨ててしまったのだ。金目のもの——大島紬《おおしまつむぎ》や大振りなアメジストの指輪などはいまも母のクローゼットに仕舞われているはずだけれど、そのほかの日用品やアルバムの類《たぐ》いはひとつ残らず処分された。だからわたしは、買い手が付かずにそのままにされていたこの家そのものを遺品だと思うことにしていた。村中が家の家具移動を手伝ってくれたときに、少しだけそんな話をしていたことを思い出した。

「これ、わざわざ探してくれたの？　しかも、この写真は……」

祖母の膝に小さな女の子が座っている写真があった。市松《いちまつ》人形のような髪型をして、気難しそうに唇を引き結んでいる女の子は間違いない、かつてのわたしだ。

「間違いなく三島さんだよね、その子。面影あるもん」

村中は、宝物を見つけた小学生の男子みたいに無邪気に笑った。それを見て、絶対渡しにいこうって思ったんだ。

「すごい、これは嬉《うれ》しい」

祖母の遺影までも母は捨てた。どうしてそんなことをしたのと詰め寄ったけれど、子どもが口出しをするなと叩かれた。母は、妾《めかけ》の子として生まれた自分が嫌で、そんな自分を産んだ祖母を憎んでいたのだ。あたしは、まっとうな生まれの子どもをまっとうに育てるんだって、ずっとそう思って生きてきたの。母は酔《よ》うといつもそう言った。でも、悪い血ってなかなか厄介《やっかい》なのよねえ。あたしも、あんたっていうまっとうな生まれじゃない子を産んでしまったもの。

「わたし、おばあちゃんのこと大好きだったんだ」

祖母は、生まれなんて関係なくわたしを愛してくれた。思わず写真を胸に抱き、村中に「お茶くらいしか出せないんだけど、いいかな？」とお礼の気持ちで言った。村中は少し驚いたように目を見開いて、「じゃあ……アイス、一緒に食おうかな」と頰を掻いた。

「たくさん買ってくれてるもんね。じゃあ中入んなよ。どうぞ」

それから縁側に並んで座って、村中がくれたアイスを齧《かじ》った。わたしはスイカバーを片手に、村中から貰った写真を眺める。

「その写真の、右端で引《ひ》き攣《つ》った顔して座ってんのが、俺のじいさん」

白くまのカップアイスを木のスプーンで掬《すく》って食べている村中が言う。見れば、どことなく村中と雰囲気の似た朴訥《ぼくとつ》そうな男性がいる。

「へえ。何だか真面目そう」

「女好きのわりには真面目って言えたのかな。最初こそおばあさん目当てに通い出したんだけど、誰よりも練習してたんだって。最終的には、三味線の名取りにまでなってた」

「おじいさん、すごいじゃん」

祖母の微笑んでいる顔、三味線を弾《ひ》く凜《りん》とした顔。時と共に輪郭《りんかく》を失いかけていた記《き》憶《おく》が目の前にある。もう、二度と会えないと思っていた。

「俺、この家にじいさんを迎えに来たことが何度かあるんだ。三島さんに会ったことあるのかもなあ」

村中が楽しそうに言い、指先で祖母の顔を撫でていたわたしはふと思いつく。

「そうだ。村中はずっとここに住んでいて、この辺りには詳しいんだよね。中学生くらいの、ロン毛の男の子知らない？　女の子みたいに細くて綺麗な顔してて、多分喋れない」

「琴美《ことみ》の子どもかな」

ダメ元で訊いたのだったが、村中はあっさりと答えた。

「数ヶ月前に、中学の同級生が子連れでこっちに戻って来たんだ。障害《しょうがい》があって喋れないって聞いてる」

「あ！　それだと思う。ねえ、その琴美ってひととは仲が良いの？」

「いや、全然」

村中は肩を竦めて、「昔ならともかく、いまの琴美と仲が良い奴《やつ》なんていないんじゃねえのかな」と言った。

「高校を中退したかと思ったらふっといなくなってさ。それから十年ちょっと、どこで何をしてたのか誰も知らなかったんだ。帰ってきたと思ったらでかい子ども連れてるらしい、って地元組で噂になったくらいで」

ふうん、と呟く。学生で妊娠《にんしん》してしまい、この町を出て産んだってところだろうか。そう言うと、村中も「子どもの年齢《ねんれい》的にもそうだと思う」と頷く。

「それで、琴美の子どもがどうかしたの？」

「あー、いや。こないだの雨の日に、傘を飛ばして困ってたら助けてくれたんだ」

余計なことは言うまいと曖昧に笑うと、村中は「へえ」と驚いた声をあげた。

「そういうこと、できるんだ」

「どういうこと？」

「意思の疎通《そつう》ができないんだって、その子」

啞然《あぜん》とする。まさか、そんなはずはない。

「古いラジカセで鳥だったか虫だったかの鳴き声をずーっと聴いてるんだってさ。あと、風呂や着替えも嫌がって暴れるとかって話。とにかく手に負えないらしい」

そういう子どもを育てるのは大変だろうなあ、としみじみ村中が言う。親しくないというわりに、詳しい。田舎ってここまで情報が筒抜《つつぬ》けなのかと思うとぞっとする。しかしよくよく聞けば、琴美の父親というひとが周囲に愚痴《ぐち》を零しているらしかった。

「同居したのはいいけど、ずっと会っていなかったから孫という感覚がないし、意思の疎通もできないから、可愛がりようもないって。懐くとか懐かないとか以前の問題なんだろうな。うちのばあさんなんかは、すっかり同情してる。会長さんが可哀相《かわいそう》だって」

「ふうん……って、会長？」

引っかかるものがある。その肩書き、最近どこかで聞いた。

「ここいらの老人会の、会長だよ」

　あの嫌みジジイか。なんてことだ。

「品城先生——俺の中学時代の校長先生なもんでついそう呼んじゃうんだけどさ、先生は教育に熱心で、真面目な生徒や親たちにすごく支持されてた。俺はその……馬鹿でワルガキだったんでしょっちゅう叱られてて、でもそれは俺たちのこと心配してたからだと、いまでは分かってるつもり。まあ、その先生が悩んでるくらいだから、大変なんだろうな、きっと」

　それって育てやすそうな子だけ可愛がってただけなんじゃないの、とお腹の中で呟く。気に食わないことをする生徒を毛嫌いする自分勝手な教師って、どこにでもいた。朝のジャージのおじいさんはいいひとだって言っていたけれど、わたしはいい印象は受けなかったし、大したことない教師だったんだろうと思う。

　アイスを食べ終わると、村中は「今度飲みにいかないか」とわたしを誘《さそ》ってきた。魚市場の近くに美味《おい》しい居酒屋があるのだという。返事をしないでいると、「ふたりきりが嫌なら、ケンタとか他の奴も誘うよ」と言葉を重ねてくる。

「友達作ったら、楽しいと思うからさ。それに、何かあったときには助けられるし」

村中がひとの良さそうな顔で笑う。わたしのことを心配してくれているのが伝わってきて、それは嬉しいと思うけれど、わたしは「いかない」と答える。

「わたし、助けられたくないいんだよ」

村中が不思議そうな顔をする。わたしはもう、誰かに助けられたくない。そんなこと、されてはいけない。

「写真とアイスは、ありがとう」

もう帰りなよ、と村中に言った。

＊

繰《く》り返し見る夢がある。海の奥深くでそっと生きている魚が気紛れに浅瀬《あさせ》に姿を見せるような、そんな頼りなさで現れる夢だ。

掃き出し窓からやわらかな風が流れ込んでカーテンを揺らす、昼下がり。背もたれを倒したリクライニングソファには、赤ん坊を抱いてうたた寝する母親がいる。赤ん坊は小さな自分の指を一心に吸っており、ちゅうちゅうと音を立てている。それに気付いた父親が、母親の腕から赤ん坊を取りあげ、赤ん坊のふっくらした頬にキスを落とす。慌てて起きた母親に、父親は大丈夫だと笑いかけ、少し眠れよと言う。疲れているんだろう、毎日お疲れさま。母親は嬉しそうに、ありがとうと微笑む。ねえ、あなた。あたしとってもしあわせよ。あたしにこんなしあわせが待っていたなんて、いまでも信じられないのよ。

うつくしい光景だ。誰も冒《おか》すことのできない確かな幸福がある。ほんのりと発光しているようにも見えるそれを、わたしは遠くから眺めている。わたしはあの中には、入っていけないのだ。

ねえ、お母さん。わたしも、弟を抱っこしたい。甘いミルクの香《かお》りというのを胸いっぱいに吸い込んでみたい。そう呼びかけたいけれど、声は喉《のど》の奥で固い塊《かたまり》になって出てこない。夢の中のわたしは、そんなことをしたら叱られると知っている。

近くて、でもとても遠いところにいるわたしの家族。

『何を見てるんだ、貴瑚』

様子を眺めていたわたしに義父が気付き、笑みを収める。代わりに、冷ややかな声で言う。

『物欲しそうな顔をするんじゃない。向こうに行ってろ』

能面《のうめん》のような、感情の消えた顔が怖い。彼の言う通りにしなければぶたれる。でも足が動かない。頭のどこかで、母が『こっちにおいで』と呼んでくれるのを期待しているのだ。そんなこと、あるはずがないのに。だってほら、母はわたしの方すら見ない。義父が苛立《いらだ》ったように舌打ちし、わたしに近寄って来る。逃げなければ。でも、足は動かない。

『あのね、お義父《とう》さ……』

『言うことをきけ』

パン。頬が鳴り、わたしはその衝撃で目を覚ます。いつものことだ。目を開けると、見慣れてきた天井がある。何度か瞬《まばた》きを繰り返し、ため息をひとつ吐く。

「……久しぶりに見たな」

もう二十年も前の記憶だ。すっかり忘れたつもりだったが、まるで昨日の出来事のように鮮やかだった。わたしはもう、母にこちらを向いて欲しいと望んでいない。なのに夢を見たのは、どうしてだろう。ここに越してくる前、何年かぶりに母に会ったからだろうか。

『いきなり顔を見せたと思ったら、ばあさんの家が欲しい？　なにそれ』

実家を訪ねたわたしを迎えた母は、相変わらず冷たかった。もう何年も会っておらず連絡《れんらく》も取ってなかった娘《むすめ》の来訪は、不快でしかなかったようだ。歓待されるとは思っていなかったけれど、住み処《すか》を確保するには訪ねるしかなかった。

『あんな田舎のボロ家、どうすんの』

『住む』

短く言うと、母は眉を寄せた。

『九州の端っこに、わざわざ？　あんた、何かやったんじゃないでしょうね。真樹の就職に迷惑《めいわく》になるようなこと……』

『してない。ただ、あそこで海を眺めながら生きたいだけ』

向こうに行ったら、もう帰って来ないつもり。そう言うと、不審《ふしん》そうにわたしを見つめていた母が、『あの男とでも住むの？』と訊く。

『何て名前だったっけ、あの失礼な男。あいつと結婚でもするつもり？』

『さあね。そんなことより、あの家をわたしにちょうだい。そしたら、二度とこの家に近づかない。縁を切ってくれてもいい』

母が目を見開く。その顔を真《ま》っ直《す》ぐに見た。母はわたしの記憶より少し老《お》いていて、そしてなぜか小さく見えた。わたしを何度も打った手の甲は血管と骨が浮いている。わたしは、こんな手にずっと振り回されていたのだろうか。

『持て余してた家一軒で厄介払いができるんなら安いもんでしょ。ちょうだい』

母は少しだけ考えるそぶりをして『あとからお金をせびらないでよ』と言い、わたしは頷いた。

『証文でも書こうか？』

『……まあ、そこまではいいわ』

母はどうでもよさそうに手を振り、手続きをすると言った。あんた名義にすればいいんでしょう。その代わり、二度とここに来ないで。

数日後に、手続きを終えたと携帯電話に連絡があった。携帯電話はもう解約するつもりで、だから母との連絡はこれで最後になるはずだ。

『お母さんとは、これでさよならだね。あのね』

わたしのこと、少しは好きだった？　そう問おうとして、でも最後まで言えなかった。

母は何のためらいもなく、通話を終えた。無機質なビジートーンを聞きながら、わたしは彼女にとって何だったのだろうと思った。まっとうじゃないと分かっていたけれど産みたかったと抱きしめてくれた夜があったじゃないか。あんたがいたから生きられたと泣いた朝があったじゃないか。あれは全部、わたしが見た幻だったと言うのか。わたしが長い間生きる縁《よすが》にしていたものくらい、本当だったと思わせてよ。

「……ま、もうどうでもいいことだけど！」

わざと大きく口に出して言う。これは、どうでもいいことなのだ。わたしはもう、泣きながら夢から目覚める子どもではなくなった。それに、母はわたしがわたしの意思で終わらせた人生の遺物に過ぎないのだ。彼女は、もう追わなくてもいいひとだ。

『第二の人生では、キナコは魂《たましい》の番《つがい》と出会うよ。愛を注ぎ注がれるような、たったひとりの魂の番のようなひとときっと出会える。キナコは、しあわせになれる』

わたしを救い出してくれたアンさんは、母を失う哀しみに潰《つぶ》されそうになっていたわたしにそう言った。魂の番なんて、そんな大それたものがこの世に存在しているとは到底思えなかった。でも、アンさんは力強く言って微笑んだ。大丈夫、きっといるよ。それまでは、ぼくが守ってあげる。

あのとき、アンさんのその言葉だけで生きていけるような気がした。魂の番などいてもいなくてもいい。わたしはきっと、彼の言葉だけでこれからを生きていけるはずだ。だってこんなにも、わたしは満たされた。心から、そう思ったのに。

ベッドから起き出して、窓を開ける。遠くに広がる紺碧《こんぺき》の海。その上には、生まれての綿菓子のような雲が浮いている。まだ熱せられていない風が、ラジオ体操の音を運んできた。今朝も年寄りたちはえっほえっほと体を動かし、子どもたちはカードにハンコをついてもらっているのだろう。いつも通りの、平穏《へいおん》な朝。目に優しい景色に、懐かしい音。わたしは今日も庭いじりをして、昨日作ったカレーをアレンジして食べる。おやつは、通販で取り寄せた長野県で一番美味しいというわらび餅《もち》。黒大豆《くろだいず》の黄粉《きなこ》と黒蜜《くろみつ》が絶品だってラジオで言っていた。

何ひとつ傷つくことのない一日の始まりのはずだ。憂《うれ》うことは何もない。なのに、彼がいないことを思うだけで、オセロの駒《こま》が一挙にひっくり返るように最悪な一日になる。置いていかれた絶望に、心が千切《ちぎ》れそうになる。もう、今日という日は穏《おだ》やかには過ごせそうにない。

「アンさん。アンさん」

祈るように、繰り返し呼ぶ。幼《おさな》いころは、母だった。苦しいときや痛いとき、寂しいときに呪文《じゅもん》を唱えるように「お母さん」と呼んだ。母はかつて、神よりも仏《ほとけ》よりも崇高《すうこう》な存在だった。それが、母ではなくアンさんを呼ぶようになったのは、いつからだったろう。いまでは、物心ついた時からずっとアンさんを呼んでいたような錯覚《さっかく》さえある。そんな心から祈り縋る存在を、わたしはわたしのせいで失った。

「アンさん、アンさん」

思い出だけで生きていけたらいいのに。たった一度の言葉を永遠のダイヤに変えて、それを抱きしめて生きているひとだっているという。わたしもそうでありたいと思う。

アンさんと共にあった日々で身を飾り、生きていけたらいいと心から願う。でも、ダイヤに変えられるほどわたしは高潔《こうけつ》ではない。生々しいほど愚《おろ》かで弱い人間で、そして拭えない罪を犯《おか》した。

何度も呼んでいると、声が潤《うる》んできた。届かない祈りは、舌に載《の》せるたびに体が痺《しび》れて呼吸ができなくなる。気付けば天を仰いで声をあげて泣いていた。

どれくらい、泣いただろう。頭が割れるように痛くなり、顔が涙と鼻水でぐしょぐしょになったころ、玄関の引き戸がほとほとと叩かれる音が聞こえた。涙を拭い、居留守《いるす》を決め込もうと思う。少しして、また引き戸が叩かれる。どこか遠慮がちな音に、わたしはどうしてだか誰が来たのか分かった。立ち上がり、玄関に駆けていく。

勢いよく引き戸を開けると、立っていたのは想像通り、あの少年だった。

「やっぱりそうだ。あんただった」

笑おうとして、でもできない。汚い泣き顔をして顔を引き攣らせるわたしを見て、少年は驚いたように口を開けた。おろおろとし始め、自身のお腹の辺りをぐるぐると擦る。きっと、わたしのお腹の傷痕を心配してくれているのだろう。

「ごめんね、びっくりしたでしょ。でも大丈夫。ちょっと、泣いてただけ。ていうか、いつも泣いてるときに会ってる気がするね」

両手で乱暴に顔を拭い、笑ってみせる。さっきよりはましかと思ったけれど、大した差はなかったようだ。少年は顔色すら失って、わたしのお腹の辺りを心配そうに指差す。

「ああ、お腹が痛いんじゃないんだ。何て言うんだろう。辛《つら》い、苦しい、いや違うな。ええとなんだろう……怖い。ああ、そうだ、怖いんだ」

わたしはとても、怖い。

少年は、わたしが何かに怯えているると思ったのだろう。周囲やわたしの背後を不安そうに窺い見る。

「違う違う、そうじゃないの。なんていうか、置いてけぼりにされたような、迷子になっているような感じ……って、分かんないよね。ごめん」

それより、どうして来てくれたの？　訊くと、まだ心配そうに眉根を寄せたままの少年は自分の服を引っ張った。今日はよれよれの白いシャツを着ていて、よく見ればそれは紳士用の肌着のようだった。その肌着の裾を両手で摑んで、わたしに見せてくる。

「なになに？　あ、もしかして、あのTシャツ？　わたしが脱がせた」

裾を摑んで必死にアピールする少年が、何度も頷く。

「ちょっと待ってて」

奥に行き、Tシャツを取って戻ると少年がほっとした顔を見せた。渡すと一瞬嬉しそうな顔をしたものの、すぐに暗くなる。

「あ、余計なことしないほうがよかった？」

あまりに臭ったから、洗濯してしまったのだ。少年は眉を下げて、わたしが畳《たた》んだシャツに目を落とす。洗濯だけなら大丈夫だろうと思ったのだけれど、もしかしたら彼が叱られてしまうかもしれない。何てことをしてしまったのだ。

「ごめんね、おせっかいだったよね」

慌てて言うと、少年が首を横に振る。それから、頭を下げて去ろうとした。その腕を摑む。

「あの、こないだは無理やりごめん。お菓子、食べてかない？　通販で、わらび餅を買ったの。すっごく美味しいんだって」

困ったように彼が首を横に振る。

「甘いの、嫌い？　じゃあポテチは？　味が五種類くらい置いてあるんだよ」

彼がまた、首を振る。その必死な顔に、「ごめん」と言った。

「ごめん。本当はあんたに少し傍《そば》にいて欲しい。いま、寂しくて死にそうだったの」

言うと、新しい涙が出て頰を伝った。細い腕を摑む手にもう一度力を込める。

「ちょっとでいいから、一緒にいて。お願い」

こんな子どもに、何をお願いしているんだろう。でも、どんな生き物でもいいから傍にいて温もりを分けて欲しかった。

ふ、と彼の体から力が抜けるのが分かった。鼻を啜って、空いている方の手で顔を拭う。彼を見れば、わたしに一歩だけ近づいて顔を覗《のぞ》きこんでいた。色素の薄いガラス細工のような瞳《ひとみ》が、わたしを捉えて揺れている。

その言葉のない優しさに、「ありがとう」と言葉を落とした。

彼は、前回のことで警戒しているのか、家には入りたがらなかった。だから、縁側に普段使っている小さなちゃぶ台を置いて、そこでふたりでカレーを食べた。朝ご飯食べた？　カレーもあるんだよ、と言ったら大きなお腹の音がしたのだ。顔を赤くして動揺《どうよう》する少年に、「わたし、朝ご飯まだだから一緒にカレー食べようよ」と言った。少し辛《から》めのカレーだったので心配だったけれど、彼は夢中で食べている。

日差しはまだやわらかく、そよぐ風がピクニックのような気分にさせる。さっきまでささくれ立っていた感情が、風に撫でられゆっくりと穏やかになってゆく。彼が来てくれて、よかった。

「美味しい？」

泣きすぎて浮腫《むく》んだ顔で訊くわたしをちらりと見て、少年が大きく頷く。あっという間に食べ終えたのでおかわりを訊くと、恥ずかしそうに頷いた。

「たくさん食べて。ひとりだから、残りは冷凍《れいとう》しようと思ってたくらいなんだ」

わたしもカレーを口へ運びながら、彼を観察する。村中は意思の疎通ができないとか暴れるとか言っていたけれど、全くそんな感じはない。彼はわたしの動向をきちんと見ているし、気遣いもある。それに、乱暴さなど欠片《かけら》もなく、ウサギや小鳥のようなか弱い動物のようだ。

細い喉を露《あらわ》にして水を飲んだ少年が息を吐く。頬がほんのりと赤く染まり、満足そうに目を細める。その様子は陽だまりにいる子猫を思わせた。

「食後のデザートは何がいい？　辛いものの次は、甘いものにしようか。さっきも言ったけど、わらび餅があるんだ。すっごく美味しいってラジオで言うから取り寄せちゃった。いまは便利な世の中だよね。どこにいても、何でも買えちゃう。実はね、あんまりにもこの土地が不便だから、この間タブレットを買ったんだ。テレビも携帯電話もいらないけど、ネットは必要だよねー」

言いながらすぐに、わらび餅の支度をした。黄粉と黒蜜をたっぷりとかけたものを少年の前に置くと、目が輝《かがや》いた。問うようにわたしを見るので、「食べて」と促す。少年は少しだけ遠慮するようなそぶりを見せたけれど、我慢《がまん》できなかったのか勢いよく食べ始めた。黄粉を吸いこんでしまったのか噎《む》せ、急いで水を飲んでいる。その旺盛《おうせい》な食欲に、もしかしたらご飯を食べてないいんじゃないのかと気付く。とても朝食を食べた後だとは思えない。時計を見上げると、八時を回ったところだ。普通なら、ラジオ体操のあと朝ご飯を食べ終えているころか……そこで、ふと気が付いて「あ」と思わず声を洩らした。少年がわたしを見て首を傾げたので、「なんでもない」と笑う。

そうだ、祖父《そふ》だという品城さんがこの子に暴力を振るっている可能性もあるんだ。周囲に、着替えやお風呂を嫌がって手が付けられないと言っているのは、体の痣を隠すための嘘なんじゃ……。

背中に嫌なものが走る。もしそうだとしたら、喋れないこの子は誰にも助けを求められない。それに、この辺りではあのひとは人格者のようだから、仮に主張したとしても誰も信じないかもしれない。

少年がふと手を止めて、きょろきょろとあたりを見回し始めた。庭先に留まった鳥の鳴き声に反応したようだ。眩しそうに空を仰ぐ顔を見て、そういえば村中が彼は鳥だか虫だかの鳴き声が好きだと言っていたなと思い出す。

「鳥が好きなの？」

訊くと、少年は小さく頷く。彼より早く食べ終わったわたしは、タブレットを持ってきて動画サイトを開いた。鶯《うぐいす》が鳴いている動画を再生すると、驚いたように覗きこんできた。木の枝に留まって高らかに鳴き声をあげる鶯をまじまじと眺める顔は、あまりにも擦《す》れていない。この年代の子どもだったらタブレットなんて身近なものだろうに、初めて見たような様子だ。

「観《み》てていいよ。動画が終わったら、ここをタッチするの。そうすると、他のものが観られるからね」

何度も頷いた少年は、すぐにタブレットの虜《とりこ》になってしまった。わたしが話しかけても、全く反応しない。もう一度観たい時や音量の調節などの操作方法をときどきに教えたら、一時間後にはすっかり使いこなせるようになっていた。

「すごいじゃん」

子どもの吸収力のすごさに驚くと同時に、この子は本当に障害を持っているのかと疑う。言葉を口にしない以外、どこにも違和感がない。もちろん、深く接していないのだから、本当のところは分からない。でも、どうしてだかわたしは、この子がごく普通の子どもだと確信しているのだ。彼はきっと理由があって、喋らないだけだ。

少年がわたしにタブレットを差し出してくる。どうやら広告をタップしてしまったらしい。口は物言いたげに動いているけれど、音は出ない。

「ああ、こういうときはね、ここをタッチするの。それとね……」

タブレットを受け取って操作するわたしの手元を、澄んだ双眸《そうぼう》が見つめている。その顔をちらりと窺う。

この子からは、自分と同じ匂いがする。親から愛情を注がれていない、孤独の匂い。この匂いが、彼から言葉を奪っているのではないかと思う。

この匂いはとても厄介だ。どれだけ丁寧に洗っても、消えない。孤独の匂いは肌でも肉でもなく、心に滲《し》みつくものなのだ。この匂いを消せたと言うひとがいたら、そのひとは豊かになったのだと思う。海にインクを垂らせば薄まって見えなくなってしまうように、心の中にある水が広く豊かに、海のようになれば、滲みついた孤独は薄まって匂わなくなる。そんなひとはとてもしあわせだと思う。だけど、いつまでも鼻腔《びくう》をくすぐる匂いに倦《う》みながら、濁った水を抱えて生きているひともいる。わたしのように。

タブレットから再び鳥の鳴き声がし、少年が顔を明るくする。その顔を見て、この子の匂いを薄めてあげたい、と思う。でも同時に、こんなわたしにできるわけがないとも思う。自分のことすらままならないのに、できるわけないいじゃん。あんたは寂しいから、猫が欲しいだけでしょ。あったかい子猫を無責任に撫でたいだけ。もう一人のわたしがせせら笑う。

少年の横顔をどこか遠くに感じながら眺めた。

その日から、彼は毎日我が家を訪ねてくるようになった。縁側でわたしと一緒におやつを食べ、ときに食事をし、タブレットに夢中になる。鳥だけでなく、獣《けもの》の鳴き声でもいいらしい。よくそんなに集中できるなと感心するほどの熱中ぶりだった。

数日が過ぎたある日、わたしは彼を呼ぼうとしてまだ名前を教えてもらっていないことに気が付いた。

「うっかりしてた。ねえねえ、いつまでも『ねえ』とか『あんた』とかって呼ぶのもなんだし、名前を教えてくれない？　わたしはね、キナコ。本当は貴瑚って名前なんだけど、キナコって渾名《あだな》をつけてもらったの。かわいいでしょ」

庭の地面に転がっていた棒《ぼう》きれで『貴瑚』と書き、その横に『キコ』と振り仮名を振った。少年はどの程度かは分からないけれど、字が読める。ライオンやカッコウといった名前をちゃんと入力できていたのを確認しているのだ。

「キナコって呼んでね。じゃあ、次はあんたの名前ね。はい」

棒きれを渡して、少年を窺う。棒を手にじっとしていた少年は、少しだけ考えて、それからゆっくりと『ムシ』と書いた。

どういうこと。息を呑んだわたしを少年が見る。その目からは感情が読み取れない。彼は、わたしが洗ったTシャツはあの日以来着てこない。三日に一度くらいの頻度《ひんど》で、古い紳士用肌着を着替えている。髪や体も、多少は洗っているのだろう。臭う日とそうでない日がある。体は絶対に触《さわ》らせないから見ていないけれど、きっとまだ痣がある――暴力を振るわれているんだと思う。隠そうとして、しかし隠しきれない虐待の痕が確かにある。

「え、あ、ええと、ムサシとか、そういう名前？」

わたしのキナコみたいな、渾名かな？　そう訊きながら、そんなことあるはずがないと思う。どう頭を巡《めぐ》らせても、好意的な理由が探せない。案の定、首を横に振った少年はつまらなそうに棒を投げ、タブレットを再び取り上げた。映像をぼんやりと眺める顔に、焦燥感だけが膨らむ。早く、この子と仲良くならなくちゃいけない。置かれた状況を教えてもらえるくらいに。

それから庭に洗濯物を干していると、ふいに聴きなれた声がした。振り向き見れば、音の発生源はタブレットのようだった。動画を飛び回っている間に、あの生き物まで辿《たど》り着いたのだろうか。

「それ……」

縁側に腰かけて耳を傾けていた少年――ムシなんてもちろん呼べない――が、驚いているわたしに気付いて、タブレットを指差す。

「あ……ええと、それ、よく見つけたね。わたし、それよく聴くの」

少年がタブレットを指差しては、首を傾げる。きっと、何の生き物の声なのか分からないのだろう。干しかけていたバスタオルをカゴに戻して、少年の横に座った。

薄暗い水中で気泡《きほう》がゆっくり上昇していく映像に、深く響く音がこだましている。豊かな呼吸のようでいて、鼻歌のようでもある。優しく呼びかけているようにも聞こえる声。

「これはね、クジラの歌声だよ」

少年の眉が微《かす》かに持ち上がる。

「驚いたでしょう。クジラはね、海中で歌を歌うようにして仲間に呼びかけるんだって」

ほう、と感嘆《かんたん》の息を吐いた少年が眼前の海に視線を投げる。わたしも同じように海を眺める。

「すごいよね。あんなに広大で深い海の中で、ちゃんと仲間に声が届くんだよ。きっと、会話だってできてる。この声の子は、なんて言ってるんだろうね」

他愛ないことであればいいなあと思う。月がとても明るい夜だよ。こっちの海は綺麗で気持ちいいよ。きみに久しぶりに会いたいよ。そんな会話が海のどこかで交わされていたらいい。

「水の中で、相手の声が響いてくるってどんな感じなんだろうね。わたしはね、相手の思いに全身包まれるんじゃないかなって思うんだ」

わたしに向けられた思いを全身で受けて、全身で聴く。それはきっととても心地いいだろうと思う。

「どんなに遠く離れたところにいても、自分に向けられた思いを感じるってすごいよね。でもね、そういうしあわせに巡り合えない子も……」

話している途中でふいに、少年がするりと立った。見上げると、彼は不愉快そうに眉を顰《ひそ》め、唇を歪《ゆが》めていた。どうしたの、と訊く間もなく、彼はそのまま逃げるように帰って行ってしまった。

「話は、これからだったのに」

彼がクジラの声に興味を示した時、話してみようと思った。この子なら、わたしがどうしてクジラの声を聴くのか分かってくれるのではないか。

「また、来てくれるかなあ」

小さく呟いた。

＊

ネットで自転車を買った。運動不足が気になっていたのと、行動範囲《けんい》を広げるためだ。これで、張り切ればゆめタウンまで行けるようになった。しかしネットショップの真価が田舎で発揮《はっき》されるものだとは思わなかった。コンドウマートだけではやっぱり生きていけない。あそこの棚《たな》にシチリアワインやベルギービールが並ぶ日を待っていたら、わたしの方が先に死んでしまうだろう。

届いたばかりの自転車で、さっそくサイクリングに出かけてみた。坂道を滑《すべ》り降り、ほとんど足を向けることのなかった魚市場の方面へ向かってペダルを漕《こ》ぐ。かつては個人商店だったのだろう、錆びたシャッターの落ちた建物群の前をすり抜ける。公園らしき場所はわたしの腰ほどまで伸びた草が茂《しげ》っていて、ペンキの剝げたグローブジャングルと滑り台が寂しそうに佇《たたず》んでいた。

「おばあちゃん、よくここで生きられたよなあ」

小さく独りごちる。東京でずっと芸妓《げいぎ》をやっていた祖母は、華やかな生活をしていたという。母曰《いわ》く、家政婦を雇《やと》い、後進の教育をしながら浅草《あさくさ》だ観劇《かんげき》だと出かけ、優雅に暮らしていたそうだ。この町にはわたしが三歳のころに移り住んだという話だから、六十歳くらいのことか。そんな年でよくもまあ移住なんて冒険《ぼうけん》をしたものだ。それも、こんな何もない町に、ひとりきりで。大して豊かな生活を送っていなかったわたしでさえ、不便を感じてしまうというのに。

『見栄っ張り女だったのよ』

鼻で笑ったのは母だった。あのひとは太客《ふときゃく》に捨てられて、これまでと同じ派手な生活ができなくなったのよ。でも見栄っ張りだから、威勢《いせい》のいい時代を知るひとたちに笑われたくなくて、それで誰も自分を知らない田舎に逃げたのよ。バカよねえ。でも、寂しい晩年を送らなきゃならなかったのは仕方ないことよ。だってそれが、妾ってものだもの。

『粋《いき》な芸妓だったよ』

そう言ったのは、義父だった。祖母が亡くなった時のことだ。祖母はわたしが六歳の時に大動脈解離《だいどうみゃくかいり》だとかで、あっさりと死んだ。長唄の稽古の最中に急に苦しみ出して、病院に緊急搬送されたけれど助からなかったのだ。祖母を忌《い》み嫌っていた母は、そのときが来ても絶対に祖母の介護なんかしないと言っていたけれど、結局は何もしないで済んだ。そして祖母は葬儀《そうぎ》を出しても余るほどのお金を残しており、それを知った義父が言ったのだ。俺はあのひとのことを身内だと思うと嫌で仕方なかった。身内が妾として生きているなんて、恥でしかないからね。でも、あのひとの生き方には敬意を表するよ。気風《きっぷ》がいいと言われた名うての芸妓のイメージを壊さないまま、最後まで粋に生き抜いたんだ。そこだけは、評価してもいい。

わたしにとっては、祖母はただただ、優しいひとだった。偉《えら》ぶるでも驕《おご》るでもなく、穏やかに笑っている温かいひと。庭の隅にそっと咲く竜胆《りんどう》のような綺麗なひと。ふたりの語る祖母は、わたしの中の祖母と違っていた。

そしてふたりは、祖母がどうしてこの地を選んだのか知らなかった。縁もゆかりもない、頼るひともいない町。突出したもののない、ただの田舎の漁師町。祖母はここに何を求めていたのだろう。どうやって生きていたのだろう。

ぼんやりと考えながらペダルを漕ぎ、県道沿いまで出た。さてどこに行こうかときょろきょろしていると、「三島さん」と声がかかった。被《かぶ》っていたベースボールキャップの庇を持ち上げて声の方を見れば、村中がワゴン車の窓から身を乗り出して手を振っていた。

「何してるの、こんなとこで」

「自転車買ったから、試乗」

「へえ、そっか。メシ食った？　俺、これからなんだけど」

言われて腕時計を見たら、十三時になるところだった。

「よかったら一緒に行かない？　旨《うま》い定食屋を紹介するよ」

村中に誘われて、少し考える。もう長い間、外食なんてしていない。せっかく自転車を手に入れたことだし、教えてもらっておこうか。

「じゃあ、行く」

村中がぱっと顔を明るくした。

村中の車の先導で向かったのは自転車で数分のところにある小さなお店だった。藍《あい》に白抜きの暖簾《のれん》には、『めし処《どころ》よし屋』とある。すりガラスの引き戸を開けようとしたら、作業服姿のおじさんたちが団体で出てきた。中に入ると、意外と広い。四人掛けのテーブル席が四つと小上がりに四席。小上がりはさっきのおじさんたちが占めていたのか、どの席もまだ片付けられていなかった。エプロン姿の女性がふたり、忙しそうにテーブルの後片付けをしている。

空いた窓際のテーブル席に向かい合わせに座り、メニューを開く。カレーにカツ丼《どん》、ちゃんぽんや鶏《とり》の唐揚げと、とにかく品数が多い。一品料理も種類豊富で、夜にはお酒も飲める大衆食堂といった感じがする。

「そういえば、ケンタは？」

「あいつはこのところ、ゆめタウンの向こうに出来た牛丼屋の店員に夢中」

村中が肩を竦める。ケンタは一途《いちず》な性格で、毎日の昼食はその牛丼屋しか利用しないと決めてしまったそうだ。村中は部下の恋を応援《おうえん》してやろうとそれに付き合っていたけれど、いい加減飽きてしまって今日は別行動にしたのだという。

「それよりさ、おすすめはこれ。とり天定食」

村中が指差したのはでっかい写真つきの定食で、赤い字で『人気ナンバーワン』と書かれている。聞けばとり天はこの辺りの郷土《きょうど》料理で、このよし屋は村中家全員のお気に入りだという。みんな、この店ではとり天定食しか頼まないそうだ。

「じゃあ、わたしもそれにする。すみません」

声をかけると、すぐに女性店員がやって来た。とり天定食をふたつ、と注文しかけたら、村中が「え」と声をあげた。

「琴美、だよな？」

その名前にぎょっとして、女性店員の顔を見たわたしは目を見張る。デニムのエプロンに白い三角巾《さんかくきん》をつけた女性の面差しは、あの少年にどこか似ていた。

「あ、村中くん……？」

線の細い、少女のような体つき。はにかむように笑って頰を掻く仕草は幼いけれど、しかしその顔は、村中の同級生とは思えないほど老《ふ》けていた。うつくしい花が毒で枯《か》れたような、そんな痛々しさがある。

このひとが、あの少年の母親……。

「もう十年以上会ってないよね。よく私のことを覚えててくれたね」

「そりゃあ……小学校のころから知ってるからな。でも、なんか、雰囲気っていうのかな、だいぶ、変わったなあ」

村中が言葉を探すように言うと、「女は変わるものよ」と琴美は笑みを浮かべる。

「いや、その……そう、だな。うん」

「ふふ、村中くんは相変わらずピュアって感じね。可愛い。ええと、ご注文はとり天定食ふたつですね。かしこまりました」

小首を傾げながら微笑む——アイドルのような仕草で言って、琴美は厨房《ちゅうぼう》に消えていった。それからすぐに、琴ちゃん休憩《きゅうけい》に入って、はあい、というやり取りが聞こえる。

「……苦労、したんだろうなあ」

琴美の背中を目で追っていた村中が寂しそうに呟いた。それからわたしに、「中学時代は、学校一の美少女だったんだ」と言った。

「とにかく可愛くて、学校のアイドルって感じだった。俺の友達は何人もあの子に告白してフラれたんだ。琴美はここいらでわりと偏差値の高い高校に入って――俺は馬鹿だったから底辺校っていうか、まあ高校は違ったんだけど、でもいつも琴美の噂は耳にしてた。高校中退して町を出て行ったって聞いたときは、どっかの芸能事務所にスカウトされたに違いないってみんなで盛り上がったんだ。なのに、なんかこう、哀しくなるな」

遠くに視線をやる村中には、美少女だったころの琴美が見えているのだろう。

「琴美さんの性格は、どんな感じだったの？」

「甘やかされてるところはあったかな。あれだけ可愛いと、みんな何を言われても許しちゃってさ。アイドルっていうよりはお姫《ひめ》さまだったかもしれない」

ふうん、と適当に相槌を打つ。そんなひとがいまでは子どもを『ハシ』と呼んでいる。ボロボロの服を着せ、暴力を振るい、多分食事も満足に与えていない。

それを村中に言って、信じてくれるだろうか。どうにかしてくれるだろうか。言ってみようかとも思うけれど、口は開かない。村中に言うことで、あの少年に危害が及ばないとも限らない。

わたしは、安易な善意で苦しんだ。小学校四年のときの担任だった女性教諭《きょうゆ》が、わたしの制服にいつもアイロンがかかっていないことを母に指摘《してき》したのだ。下に小さなお子さんがいて大変かと思いますが、ちょっと手をかけてあげることで貴瑚ちゃんの寂しさが減るものなんですよ。あなたのこともちゃんと愛しているよ、ということを態度で示してあげてください。

冬休み前の、三者面談でのことだった。したり顔で言う担任に、母は『気付かなくてすみません。お恥ずかしいことで』としおらしく頭を下げたが、わたしはその顔が一瞬凍《こお》りついたのを見逃さなかった。案の定母の怒りはすさまじく、家に入ると同時に殴りつけられた。倒れ込んだわたしの髪を摑み、母は恐ろしい顔をして凄《すご》んだ。『どうしてあんな若い女に偉そうに言われなくちゃならないのよ。あんた、あの女に何か言ったんでしょう⁉』

もちろん、家庭内のことは誰にも、何も言っていなかった。両親が弟を溺愛《できあい》していて、母の連れ子であるわたしは邪魔者扱いだなんて言いたくなかったし、何よりも、そんなことを認めたくなかった。多分あの女性教諭はわたしの身なりが全く手を掛けられていないことに気付いていて、だから婉曲《えんきょく》に『アイロンがけ』と言ったのだといまなら思う。下の子に愛情過多になっている親に、うまく注意したつもりだったのだろう、とも。しかし、そんな簡単なものではなかったのだ。

母は玄関でわたしを何度も殴ったが、その怒りはそれだけでは収まらなかった。冬休みに入ってから、食事を満足にくれなくなった。一日に一食、夕飯にふりかけをかけた白飯を茶碗《ちゃわん》一杯渡され、それも来客用のトイレでひとりで食べなくてはならなかった。母に恥《はじ》をかかせた罰、ということだった。火の気のない冷え切った狭い空間で、温かそうな肉や魚の匂い、楽しそうな家族の笑い声を遠くに感じながら食べるご飯は、味がしなかった。でも、お腹が空《す》いて空いてどうしようもなくて、泣きながら口に押し込んだ。

あの年はクリスマスも、大みそかに正月も、わたしだけなかった。空腹で耐《た》えられなかったクリスマスの深夜、ダストボックスを開けたら真樹が食べ残したチキンやお寿司《すし》、ケーキが捨てられていた。砂糖《さとう》菓子のサンタクロースが生クリームに塗《まみ》れていて、それを迷わず摑んで食べた。生クリームでふやけたサンタクロースは甘くて、生臭かった。

「三島さん、ぼんやりしてどうしたの」

村中の声にはっとして、「なんでもない」と言う。少しも楽しくない、嫌な思い出だ。

それから少しして、とり天定食が運ばれてきた。鶏の唐揚げを想像していたので、ふわふわの衣をまとったとり天にちょっと驚く。初めて食べると言うと、村中がポン酢《ず》で食べると旨いと勧めてくる。

「その小皿にこのポン酢入れて、辛いのが好きなら柚子胡椒《ゆずこしょう》を混ぜるといい。あと、シンプルに塩も旨い」

村中に言われるままにポン酢に少し浸して食べる。鶏の脂がじゅわっと染み出てくるけれど、ポン酢のお蔭《かげ》であっさりしている。美味しい、と小さく呟くと村中が嬉しそうに笑った。

「この辺りの人間は、それぞれお気に入りのとり天屋がある。自分で作るのが一番って言うひとも多いかな」

この店のとり天は、衣がフリッターのそれに近い。天ぷらは衣が薄くかりっとしたものが好きなので、そういう店もあるのかと訊くと村中はいくつか教えてくれた。

「あとオススメの店は、そうだなあ。女の子だと甘いものの方がいいかな。生クリームたっぷりのシュークリームが売りの店が……」

「あ、それはいい。生クリーム、食べられないんだ」

あのクリスマスの晩以来、砂糖菓子と生クリームは受け付けなくなった。

「じゃあ辛党？　なら、『りゅうきゅう』ってのがやっぱりこのあたりの郷土料理で、これがまた酒に合うんだ」

村中の近隣《きんりん》の美味しいお店情報を聞きながら食事をして、店先で別れることにした。

牛丼屋までケンタを拾いにいくという村中を見送ってやろうとするも彼は車をなかなか

出さず、窓を開けて「あの」と言う。

「仲良くしたいってのも、いや？」

思わず「は？」と返すと、俯いて「俺は、三島さんと親しくなりたいっていうか……」ともぐもぐと言う。それから顔を上げ、「ああ、こういうの苦手なんだ。正直に言うと、距離を縮めさせてほしい」と早口で捲《まく》し立てた。

「三島さんのことが、めちゃくちゃ気になってるんだ。別に、いきなり付き合ってくれとか言ってるわけじゃなくて、とりあえずその手前でいいんだ。だからその、気楽に考えて欲しいっていうか」

その勢いに圧《お》されながら、村中を見る。真っ直ぐにわたしを捉えている目には、迷いがない。きっと、裏表のないひとなのだろうと思う。でも心のどこかで、違うかもしれないよと囁く自分もいる。余所《よそ》から来た女が物珍しくて言ってるだけかもしれない。それに何より、あんたはもうそういうのは受け取ってはいけないんじゃないの？　また、誰かを傷つけることになるんだよ。

「……たまに、遊びに来ればいいんじゃない？」

アイスくらいなら一緒に食べるよ。そう言いながら、これくらいの線引きは大丈夫だよなと考える。親切と愛情の区別だけ、きちんとつけておけばいい。村中はほっとしたように肩で息をして、「今度また、たくさん買っていくよ」と言って去っていった。それを見送ってから自転車に跨《また》がった。腹ごなしに遠回りをして帰ろう。

店の裏手に回るようにして自転車で進むと、店の裏庭に置かれた椅子《いす》に琴美が腰かけていた。空を見上げてぼんやりと煙草《たばこ》をくゆらせている様子は、疲労《ひろう》が滲《にじ》んでいる。脇をすり抜けるわたしに気付いてもいない横顔は、何も見ていなかった。

あのひとはどんなひとなんだろうな。あの少年にとってどんな母親なんだろうな。ペダルを漕ぎながら考える。そしてわたしは、どうすればいいんだろう。こういう時、どうするのが正解なのだろう。

食事を満足に貰えない日々が終わったのは、新学期の前日のことだった。『外でひとに心配をかけません』という書写をノート一冊分書くことで、許されたのだ。安堵《あんど》のあまり泣きながら食事をするわたしに、義父と母は言った。お前がお母さんを傷つけなければ、俺たちはあんな厳しいことをしなくて済んだ。お母さんはお前が苦しんだのと同じくらい、哀しんだんだ。だから、もう二度とお母さんに恥をかかせるんじゃないよ。穏やかに諭《さと》すような口ぶりで、優しく頭を撫でられた。しかしふたりの目は、笑ってはいなかった。だからわたしは、何度も頷いて言った。外では、絶対にひとに心配をかけません。とは言え、それはノートに書いた言葉でしかなくて、具体的には何をすればいいのか、何をしてはいけないのか全く分からなかった。分かっていたのは、次に同じようなことがあればきっともっと酷い罰が待っている、ということだけ。必死に頭を巡らせて、とにかく身だしなみだけは綺麗にしていようと誓《ちか》った。

それから自分の持ち物は毎日洗い、アイロンをかけた。サイズが合っていない、数が少ない――なかなか買ってもらえなかった――ことだけはどうしようもなかったけれど、件《くだん》の女性教諭はそこまでは見ていなかった。冬休み前より痩せたことにも気付かず、ぱりっとしたブラウスを見て『よかったじゃん』とわたしに笑顔で言った。お母さんはね、ちゃんと貴瑚ちゃんのこと見てくれているんだよ。弟くんと同じだけ、貴瑚ちゃんのことも大好きなんだよ。それがよくわかったでしょう！

その、何にも知らない笑顔に唾《つば》を吐き掛けたくなった。あんたの考えなしな言葉のせいで、わたしは死ぬほど辛い目に遭った。魚臭いサンタクロースがどれだけ哀しかったか、あんたにはきっと想像もつかない。そして、思った。もう、このひとのことは信用しちゃいけない。このひとに可哀相な子だと思われたら、わたしはまた苦しまなくてはならない。もう二度と、このひとにも誰にも、憐《あわ》れまれてはならない。それからわたしは、大人を常に警戒するようになった。

こめかみから汗が流れる。さすがに、真夏の昼下がりの日差しは厳しい。これでは、塗りたくった日焼け止めも流れてしまう。営業しているのかも分からない商店の軒先《のきさき》で自転車を停め、メッセンジャーバッグの中に入れていたお茶のペットボトルを取り出した。少しだけ温《ぬる》くなったお茶を飲んで、息を吐く。空を仰ぐと大きな入道雲が広がっていた。ベースボールキャップを脱ぎ、それでぱたぱたと顔を扇《あお》ぐ。

考えなしの善意は、あの子の首を絞《し》めてしまうだけかもしれない。そんなことは避けなければならない。でも、じゃあ、どうすればいいのだろう。だいたい、あの子自身の言葉を聞いていない。あの子がどうして欲しいのかすら、わたしは分かっていないのだ。

「とはいえ、会わないんだよな」

彼が家に来なくなって、もう数日が経《た》つ。あの時の話の続きを聞いてもらいたいけれど、彼はもう来ないかもしれない。

「さっき、息子《むすこ》さんと仲良くしたいんですけどって言えばよかったかな」

出来もしないことを呟いて、笑う。アンさんはその点、すごかった。初対面だったわたしを、たった数日で実家から救い出してくれた。しかもあの母に向かって、『そのうるさい口を閉じろよ、おばさん』と言い放った時には夢でも見ているのかと思ったほどだ。わたしもアンさんみたいになれたらいいのだろうけど、わたしは彼ほどの優しさも強さもないから、うまくいくとは限らない。それに、アンさんが強引でいられたのはわたしが成人していたからという理由も大きいだろう。

入道雲の中を鳥が舞っている。風に乗っているのか、優雅に円を描《えが》いている。それを眺めながら、アンさんに問う。ねえ、アンさんならどうする？　最善策って、何かな？

お茶をもう一口飲んでから、再び家に向かってペダルを漕いだ。


幾日《いくにち》かが過ぎた夜のことだった。ベッドに潜り込もうとしていたら、玄関の引き戸がほとほとと鳴った。思わず身を竦ませ、戸締まりをきちんとしたかを思い返す。その間に、もう一度引き戸が鳴り、はっとする。この音を、知っている。でもどうして、こんな時間に？

ベッドを飛び出し、玄関に向かう。外灯《がいとう》をつけ、「えっと……あんた、だよね？」と問いかける。やっぱり名前がいるよな、と思っていると、返事をするように一回だけ戸が叩かれた。

深呼吸をしてから、鍵《かぎ》を開けて戸を引いた。そこにはやはり少年が立っていた。覚悟《かくご》をしていたつもりだったけれど、その姿を見て小さく悲鳴をあげる。彼は、頭からべっとりと血を流していたのだ。

「ひ、やだ、怪我《けが》⁉　えっと、救急車……あ、タブレットから通話できるんだっけ？」

足が震え、頭は混乱する。おろおろしていると、少年が頰の血を手のひらでぐいと擦って、わたしに突き出してきた。甘酸《あまず》っぱい匂いが鼻先を擽《くすぐ》って、我《われ》に返る。

「あ、え……？　ケチャ……ップ？」

少年が頷く。どうやら、血ではなくケチャップを頭から被ったようだ。

「ああ、も、心臓《しんぞう》止まるかと思った……」

爆発しそうに高まる心臓を押さえて、引き戸に凭《もた》れかかる。油断したらそのままへたり込んでしまいそうだった。荒《あら》くなった息を整えながら彼を見ると、泣き出しそうな顔をして立ち尽くしている。その心細そうな顔に、どうにか笑ってみせた。彼は、わたしを頼って来てくれたのだ。わたしが狼狽えていてはいけない。

「わたしを思い出してくれて、ありがとね」

そう言うと、少年の目にじわりと涙が滲んだ。微かに震えているのが分かる。今にも声をあげて泣き出しそうなのに、しかし彼は唇を引き結んで堪えている。

「ええと、とりあえずシャワー使いなよ。わたしの服を貸したげる」

握りこぶしを作ったままの手を取って引いた。少年は大人しく、家の中に入ってくれた。

浴室でシャワーを使う気配を感じながら、Tシャツと短パンを用意する。彼のいつもの古いシャツやデニムは、ケチャップの飛沫《ひまつ》でしみだらけになっていたので洗濯機へ放り込んだ。こんな恰好《かっこう》の少年が夜中の町をうろついていたら、すわ猟奇《りょうき》的事件となってしまう。ここに来るまで誰にも見つからなくてよかったと思う。いや、見つけられて通報された方がよかったのだろうか。

「着替え、ここに置いておくから」

声をかけて、居間に戻る。時計を見上げると、日付を越えていた。彼は食事をしているのだろうか。何か食べさせて、そのあと警察に連絡すべきなのだろうか。何があったかは分からないけれど琴美が探しているかもしれないし、と思案していると、少年がのそりとやってきた。

「お、きれいになったじゃん」

ボディソープもシャンプーも遠慮せずに使うんだよ！　と念押しをしたせいか、とても小ざっぱりとしている。長い前髪を後ろに流しており、露になった顔はやはり琴美に似ていて、そして綺麗だった。琴美がかつて学校一の美少女だったというのも頷ける。

しかし、Tシャツの袖から覗く腕は痩せこけていて、きっと体にはまだ痣が散っているのだと思うと胸がちりちりと痛む。

「あ、そうだ。ねえ、ご飯食べてる？　カップラーメンくらいしかないんだけど、食べる？」

こういう場合は温かな手料理なのだろうけど、こんな日に限って冷蔵庫の中は空で、わたしの夕飯は冷凍庫にひとつだけ残っていた冷凍うどんだった。少年は首を横に振り、

「じゃあアイスでも食べない？」と訊くと少し考えて頷いた。

「いっぱいあるんだ。こっち来なよ、選ばしたげる」

先日さっそく、村中が大きなレジ袋いっぱいアイスを持ってやってきたのだ。前回の分もまだ残っていて、食べきれないと言うわたしに「アイスに賞味期限はない」と半ば無理やり渡してきて、そして「また来るから俺の分として残しておいて」と恥ずかしそうに付け足した。村中がわたしのどこに好意を抱いたのか分からないけれど、趣味《しゅみ》が悪い。顔面に平手打ちされたこと、もう忘れたのだろうか。

冷凍庫のアイスを見て、少年はバニラモナカを取った。わたしはイチゴモナカにして、それからなんとなくふたりで縁側に出た。雲一つない夜空に、卵《たまご》色の月がやわらかく光っている。とても明るい月夜の晩だ。昼間の暑さが嘘のように影を潜め、優しい風がそよぐ。

「これなら、ここに来るまで歩きやすかっただろうね」

隣に腰かけた少年に言うと、困ったように俯く。アイスを食べるよう促すと、のろの

ろと食べ始めた。隣に座ったわたしも、同じようにアイスを齧る。

静かな夜だ。耳を澄ますと、遠く離れた海岸に打ち寄せる波の音さえ聞こえるのではないかという気がする。

ふ、ふ、と音がして隣を見ると、アイスを食べながら少年が泣いていた。アイスを口に押し込みながら、静かに涙を流している。こんなときでさえ、きみは自分の声を殺すのか。彼はわたしの視線に気付くと、慌てて涙を拭って顔を逸らせた。

わたしは何も言わずアイスを食べ、月を見上げ、波の音に耳を傾ける。食べ終わってから、寝室のテーブルに置いていたMP3プレーヤーを持ってきた。アイスを食べ終わって呆然《ぼうぜん》としていた彼がわたしの手の中のものに気付き、首を傾げる。

「わたしね、寂しくて死にそうなときに、聴く声があるんだ」

この間、これを聴いてもらおうとして、彼に逃げられたのだ。

イヤホンの片方を彼に渡し、もう片方を自分の耳に挿《さ》した。プレイボタンを押すと、すぐに声が流れてくる。彼がわたしを見て、何か言いたげに口を動かす。

「うん、そう。クジラの声。でも、前に聴いた子の声とは、違うんだ」

遠くから呼んでいるような、離れて行くような声。世界の果てまで響いていきそうな声。

「このクジラの声はね、誰にも届かないんだよ」

少年が目を微かに見開き、首を傾げる。

「普通のクジラと声の高さが――周波数《しゅうはすう》って言うんだけどね、その周波数が全く違うんだって。クジラもいろいろな種類がいるけど、どれもだいたい10から39ヘルツっていう高さで歌うんだって。でもこのクジラの歌声は52ヘルツ。あまりに高音だから、他のクジラたちには、この声は聞こえないんだ。いま聞いているこの音もね、人間の耳に合わせて周波数をあげているらしいから、実際はもっと低い声らしいんだけど……」

52ヘルツのクジラ。世界で一番孤独だと言われているクジラ。その声は広大な海で確かに響いているのに、受け止める仲間はどこにもいない。誰にも届かない歌声をあげ続けているクジラは存在こそ発見されているけれど、実際の姿はいまも確認されていないという。

「他の仲間と周波数が違うから、仲間と出会うこともできないんだって。例えば群《むれ》がものすごく近くにいたとして、すぐに触《ふ》れあえる位置にいても、気付かないまますれ違うってことなんだろうね」

本当はたくさんの仲間がいるのに、何も届かない。何も届けられない。それはどれだけ、孤独だろう。

「いまもどこかの海で、届かない声を待ちながら自分の声を届けようと歌っているんだろうなあ」

あの冬休み以来、母たちは罰だと言ってはしょっちゅうわたしを来客用のトイレに閉じ込めるようになった。その時間はどんどん長くなり、最終的には食事だけでなくそこでの生活も強要された。ふたをした便器の前で体育座りをして眠り、ドアを開けてもらえる瞬間をひたすらに待つ。壁の向こうでは豊かな、しかし触れられない団欒《だんらん》がある。寂しさで狂《くる》いそうになって泣き叫ぶと乱暴にドアが開き、殴られた。そして、閉じ込められる時間が延長された。

いつしか諦め、小窓から入り込む月明かりをぼんやりと見上げては、同じ光の下にいる同じような誰かにそっと話しかけることを覚えた。こんなに寂しいのはきっとわたしだけじゃない。この声は誰かに届いていると信じるだけで、心が少しだけ救われた。あのときのわたしは、52ヘルツの声をあげていた。

「うう」

声がして、はっとする。見れば、少年がイヤホンを挿した耳を押さえて泣いていた。食いしばった歯の隙間から絞り出すように、呻《うめ》き声が洩れている。全身を震わせている少年の背中を、そっと撫でる。

「声をあげて泣いていいんだよ。大丈夫、ここにはわたししかいない」

わたしは何度も何度も、肉のついていない薄い背中を撫でる。歯がかちかちと鳴り、体は震えている。それでもまだ、彼は声をあげられずに堪えている。

「わたしさ、あんたの呼び名をずっと考えてたんだ。だってムシなんて呼べないもん。でもいまね、思いついた。あんたがわたしに本当の自分の名前を教えてくれるまで『52』って、呼んでもいい？　あたしは、あんたの誰にも届かない52ヘルツの声を聴くよ。いつだって聴こうとするから、だからあんたの、あんたなりの言葉で話しな。全部、受け止めるよ」

少年がびくりとして、わたしを見る。月明かりに照らされた目は澄んで、涙で濡れている。うつくしい湖のようなその目に、微笑みかける。

「わたしも、昔52ヘルツの声をあげてた。それは長い間誰にも届かなかったけど、たったひとり、受け止めてくれるひとがいたんだよ」

どうしてそれを、魂の番だと思わなかったのだろう。運命の出会いだと気付けなかったのだろう。気付いたのは彼が去ってからだなんて、遅すぎる。

「きみには、もっと仲間がいるかもしれない。この世のどこかにでっかい群がいるかもしれない。ううん、きっといる。だからわたしがそのひとたちのところまで、連れていってあげる。わたしが連れていってもらえたように」

わたしは、わたしの声を聴いて助けてくれたひとの声を聴けなかった。もしわたしが彼の声を聴いていれば、全身で受け止めていれば。そうしたらこんな今にはなっていなかったはずだ。

わたしがこの子にしようとしていることはきっと、聴き逃した声に対する贖罪《しょくざい》だ。消えることのない罪悪感をどうにか拭おうとしているのだ。でも、それでもいい。彼の代わりだとしても、純粋な思いじゃないとしても、いまはこの子を助けたい。こんなわたしでも、できるのならば。

「よろしく、52」

微かに頷いた52が、空を仰ぐ。そしてゆっくりと口を開いた。生まれたての赤ん坊よりも儚《はかな》い、弱々しい泣き声が、夜空に溶けていった。

# 3　ドアの向こうの世界

五年前、二十一歳だったわたしは、義父の介護に明け暮れていた。義父は、わたしが高校三年の年に筋萎縮性側索硬化症《きんいしゅくせいそくさくこうかしょう》――ALSという難病を発症したのだ。運動神経細胞が死滅することで筋肉がだんだん動かなくなってしまう病気で、義父はその症状がまず下半身に出た。スリッパを履けない、躓《つまず》く、階段を上りづらいという症状から病院にかかり、病名が判明するまでに半年を要した。完治の可能性のない難病だと分かった時には下半身だけでなく喉にも症状が出ていて、呂律《ろれつ》が怪しくなっていた。

義父は小さな地場輸送会社の社長で、数人の社員と数台の大型トラックを抱えていた。外面《そとづら》がいいせいか顧客《こきゃく》が多く、会社は順調だったようだ。世間的に見れば、我が家は裕福な家庭だったと思う。

しかし義父が倒れると、状況は一変した。不治《ふち》の病でゆくゆくは寝たきりになると知った社員たちが、沈没船《ちんぼつせん》から逃げるネズミのように次々と辞めていった。外面はいいけれど身内ともなれば横暴になるワンマン社長に同情する者など、誰もいなかったのだ。

ひとがいなければ、トラックは動かない。仕事ができないとなると顧客たちもあっさりと他社に乗り換えていった。

仕事が激減し、それに慌てた義父は母が止めるのもきかずに鈍《にぶ》くなった体でトラックに乗り、単独事故を起こした。トラックは廃車《はいしゃ》になり、義父は右足を切断。わたしの高校の卒業式前日のことだった。

卒業後は、わたしは都心から少し離れた場所にある製菓会社の工場事務員として就職することが決まっていた。全国的に名の知れた会社は条件がすこぶる良くて、破格の家《や》賃《ちん》で住める独身寮《りょう》まであった。内定が出た時には、わたしに無関心だった母でさえ『よかったじゃないの』と言ったほどだった。

しかし、わたしはその会社に勤めることはなかった。義父はこのまま寝たきり生活を余儀なくされると医師が母に告げ、母がわたしを介護要員にしたからだ。お父さんにどれだけ世話になったと思ってんの？　お父さんがいたから、あたしたちはお金のない母子家庭から脱出できたんだ。あんただって、高校まで出してもらえたのはお父さんがいたからでしょう。あたしは真樹のためにもお父さんの会社をどうにか維持するから、あんたはお父さんのお世話をしなさい。

それから、義父の介護の日々が始まった。

ＡＬＳというのは、体こそ不自由になるが頭はしっかりしている病だ。右足を失い、自由が徐々になくなっていくことに自暴自棄《じき》になった義父は、これまで以上にわたしに辛辣《しんらつ》だった。喉が渇《かわ》いた、背中がかゆい、部屋に虫が入っている気がする。そんなことで昼夜関係なく呼びつけられ、駆け付けるのが遅いと愚図《ぐず》だと怒鳴られた。母に命じて長い楡《にれ》の木の杖《つえ》を手に入れてからは、それでことあるごとに殴られた。

義父の仕事を継いだ母はいつも忙しそうにしていたけれど、その分仕事は上手《うま》くいっていたようだった。家を手放すこともなかったし、真樹は私立中学に進学した。義父が欲しいと言えば電動の車いすもベッドもすぐに導入した。義父はそれにただただ感謝し、涙すら零してみせた。お前のようないい妻は、どこを探してもいないよ。母はそんな義父の涙を拭《ふ》きながら、家族はいつだって支え合うものじゃないの、と女神のような優しさで微笑む。わたしはそれを、痰《たん》吸引器の掃除をしながら見つめた。

そんな風にして三年を生きた。その間に、義父の嚥下《えんげ》機能が徐々に低下していったので食事の介助が必要になり、排泄《はいせつ》がままならなくなったから下の世話もするようになった。わたしの仕事はどんどん増えていった。しかし気難しい義父は他人の介入を嫌がり、在宅サービスなどは一切入れようとしなかった。

日増しに重くなる岩を抱えるには、どこかで誰かの手を借りないと潰れてしまいますよ。担当医師や看護師が何度となく助言してくれたけれど、義父は頑としてそれに耳を貸さなかった。母も義父に倣《なら》って話を聞いてくれようとせず、結果、わたしがひとりで義父の世話を担《にな》い続けた。そんな状態なのに、義父は呂律の回らない罵声《ばせい》を日課のようにわたしに浴びせ、力のなくなった手で杖を振り回す。出口のない、どころか洞窟《どうくつ》の奥深くに引きずり込まれていくような日々。けれど、一筋の光もあった。気紛れのように、母がわたしに優しくしてくれたのだ。

『あたしたち、本当に助かってるのよ。ありがとう』

わたしの手を取り労《いたわ》るように撫でてくれたり、わたしだけに甘いケーキを買ってきてくれたこともあった。貴瑚がいるから、貴瑚のお蔭で。母の言葉と温もりは、わたしの頭を痺れさせた。母に頼られるなど、いつ以来のことだろう。かつてのように母と支え合って生きていきたいと思っていたけれど、それが義父の病というきっかけでようやく叶ったのかもしれない。それならこの日々も、きっと悪いものじゃない。

寝不足の目を擦りながら、義父の介護パンツを交換する。母は真樹には義父が元気だったころと同じ生活をさせ、義父の水差しひとつ替えさせなかった。真樹にとっては実父なのに、あの子は父が病に倒れたことに何も不便を感じていない。甘やかされて育ったせいか、本来の気質なのか、心配するそぶりもなかった。わたしが汚れた義父の服を洗っていると、オレのものと一緒に洗うなと眉を顰めることもあった。それに対する不満でさえ、母の優しい一言で綺麗に消えた。

そんなとき、義父が誤嚥性肺炎《ごえんせいはいえん》で緊急入院することになった。担当の医師の顔つきは終始硬《かた》く、母とわたしに淡々と説明した。嚥下機能の低下が著《いちじる》しく、呼吸困難《こんなん》も見られますので、今後は人工呼吸器が必須となります。気管切開手術を早急に行わないとなりません。そして気になるのが、認知症の症状がみられることです。ALSを発症すると併発《へいはつ》しやすいものではあるんですが……。ご主人の病気の進行は比較的遅い方だったんですが、残念なことに、ここにきて急に速くなっているようだ。

膝の上でそろえられた母の手はぶるぶる震えていて、医師の言葉にショックを受けているのは明らかだった。義父の様子がどこかおかしくなっていることにわたしは気付いていて、何度か母にも伝えたのだが、母はわたしの言葉を信じていなかったのだ。まだ六十にもなっていないあのひとが惚《ぼ》けるわけないじゃない、と鼻で笑っていた。

ともかくここはわたしがしっかりしなくては。母の手を握ろうとしたそのとき、わたしの頬が鳴った。

「あんたがちゃんとお父さんを看《み》ていないからよ！」

立ち上がった母が、わたしの頬を打ったのだ。驚いて見上げると、母はもう一度わたしの頬を打つ。

「あんた、わざとお父さんが病気になるように仕向けたんでしょう！　これ見よがしに世話を焼いて、おかしいと思ったのよ。この悪魔！」

錯乱《さくらん》した母は、わたしを殴りながら泣き叫んだ。まだまだこれからだったのに、どうしてこんな目に遭うのよ。絶対にこいつのせいだ。この悪魔がいつだってあたしのしあわせを邪魔するんだ。あんなに優しくしてやったのに、恩知らず！　医師や看護師が母を押しとどめ「娘さん頑張ってますよ」と口々に言う。病気が進んでいるのは娘さんのせいじゃない。分かってるでしょう？　娘さんを責めずに、一緒に乗り越えていきましょうよ。

「嘘よ、嘘。絶対にこいつのせいよ。あのひとじゃなく、こいつが病気になればよかったんだ。こいつが代わりに死ねばいいんだ……！」

母は子どものように泣きじゃくって、わたしを指差しながら叫んだ。憎しみで真っ赤に染まる母の目を見ながら、絶望という言葉を知った。わたしがこれまで信じて生きてきたものは何だったのだろう。もう無理だ。もう、わたしにはこれ以上何もできない。ああ、もうどうでも、いいや。死んでしまっても、もういい。

ふらりと病院を出て、街をぼんやりと歩いた。母のおさがりの服にひっつめ髪、寝不足でぼろぼろの肌にすっぴんの女がふらふら歩いていても、みんな目を逸らすばかりで声をかけてこなかった。だから、もしかしたらわたしはすでに死んでいて、魂が彷徨《さまよ》っているだけなのかもしれないと思う。だったらラッキーだなあ。死ぬ間際の苦しみとか痛みから、もう解《と》き放たれているんだから。愉快でもないのに笑えてきて、くすくす笑いながら歩いていると、「貴瑚」と名前を呼ばれた気がした。ふらりと周囲を見回すと、ひとりの男性と目が合った気がした。それから彼の横にいた女性が声をあげる。

「え、やだ、貴瑚だよね⁉　どうしたの」

叫びながら抱きついてきたのは、高校三年間同じクラスで友人だった美晴だった。彼女とは、卒業して以来一度も会っていなかった。

「全然連絡つかないし、どこでどうしてるのかも分かんなくて、すっごい心配してたんだよ。いままでどこで、どうしてたのよ！」

美晴はとても綺麗に化粧《けしょう》をしていて、いい香りがした。美晴の後ろには驚いた顔をした知らないひとたちがいて、その中には女性もいた。やっぱりみんな可愛らしい恰好をしていて、まるで別次元で生きているみたいにキラキラしている。思わず自身を見下ろすと服の裾に大きなシミを見つけてしまって、早く消えようと思う。

「ねえ貴瑚。いままでどこにいたの」

「実家に、いたけど」

「嘘。実家に電話をかけたけど、おばさんが出て行きましたって言ったもん」

もう心は動かない。母ならそういうこともするかもなあと思う。でも、もうどうでもいいことだ。

「じゃあ、わたし行くね。ばいばい、美晴」

「ちょっと待って。行くって、どこに？」

美晴の腕から逃れて去ろうとすると、すぐに手を摑まれる。

「わかんない。けど……、まあ、楽なところ」

我ながら、いい言い回しだなと思った。そうだ、わたしは楽になれるところに行くのだ。

「……そかそか。予定ないのね。それなら、飲みに行こうぜ！」

言うなり、美晴はわたしの肩を抱き寄せ、おろおろとしていた同行者たちに言った。

「御覧の通り、長く行方不明だった友達と劇的な再会をしたんで、申し訳ないけど離脱します。そうだ、この子といまから飲みに行くんですけど、誰か付き合ってくれるひといます？　一緒に行きましょうよ」

まだ昼下がりといった時刻で、なのに美晴はわたしを引きずるようにして二十四時間営業の居酒屋に連れ込んだ。抵抗する力もなかったわたしは美晴の隣に座らされ、あっという間に目の前にジョッキが置かれた。

「はい、再会にカンパーイ」

昼間だというのに、ひとでいっぱいの店内は騒がしい。場違いなのではないかとおどおどするわたしに、美晴が無理やりジョッキを握らせ、音を立てて自分のジョッキと合わせる。美晴は喉を鳴らしてビールを飲み、息を吐いてから目の前に座る男性を指差した。ひとりだけ、わたしたちについて来たひとがいたのだった。

「貴瑚、紹介するね。このひと、岡田安吾《おかだあんご》さん。私の会社の先輩《せんぱい》なの」

人の良さそうな丸い顔に丸眼鏡《めがね》、ニキビ痕の残る肌に芝生《しばふ》のような顎鬚《あごひげ》。アンパンのヒーローが大人の男性になったら、こんな感じだろうか。短く刈った髪をつるりと撫でて、彼は笑った。

「初めまして。みんなからはアンさんって呼ばれてます。ええと、キコちゃんだから、キナコって呼ぼうかな。アンとキナコって、何だか相性よさそうでしょ」

これが、アンさんとの出会いだった。

それから、生まれて初めて飲んだビールにくらくらしながら、美晴の高校卒業後の話を聞いた。美晴は短大を卒業した後に、学習塾《じゅく》に経理として就職したという。

「さっきのひとたちは事務の子や講師の先生たち。定休だからみんなで出かけるところだったんだ」

アンさんは、小学生に算数を教える講師だった。のんびりした仕草や、やわらかな言葉使いに、子どもと付き合う仕事がぴったりだなと思う。それに何より、優しい。アンさんはわたしの薄汚い恰好のこともひとりでふらふらしていたことも、何も触れなかった。ただ、美晴と一緒に塾内での愉快な話をしてくれた。テレビを眺めるみたいに、ふたりが笑っているのを見る。わたしとは別の世界の話のように感じていた。

「あ、キナコ。これ料金激安店のわりには美味しいよ。ほら、あーんして、あーん」

わたしが黙って見ているのに気が付いたアンさんが、湯気《ゆげ》の立ち上る中華餡《ちゅうかあん》かけの茶碗蒸《む》しをスプーンで掬って、わたしの口元に持ってきた。ひとに食べさせてもらったことなどもちろんなくて戸惑《とまど》っていると、「本当に美味しいんだって」と言う。なれなれしくて、距離感のおかしいひとだと思う。でも、その屈託《くったく》のない笑顔は不思議と嫌じゃなくて、スプーンを口に入れた。ごま油がきいたしょっぱめの餡と卵が、口の中で溶ける。ぷるりとしたそれを飲み下した瞬間、「ね、美味しいでしょ」とアンさんが歯を見せて笑った。その笑顔に頷いて応えようとした瞬間、涙が溢《あふ》れた。

わたしのための温かなひと匙《さじ》が、喉のどこかに引っかかって熱を放っている。息ができなくなるほど、苦しい。わたしはいままで、何を食べてどうやって生きていたんだろう。

「熱かった？　ごめんごめん、次はもっと冷まそう」

ぼろぼろ涙を零すわたしに、アンさんは何てことない顔をして笑う。それからまたスプーンをひと匙わたしに向けた。

「ほら、食べて。あーん、そう。ほらー、美味しいでしょ」

「アンさん、まるで貴瑚を餌付《えづ》けしてるみたいなんですけど」

泣きながら口を開けるわたしと、茶碗蒸しを食べさせるアンさんを黙って見つめていた美晴が優しく言った。

わたしの涙が落ち着いたころ、お店を移動した。次は静かな個室の店で、そこで美晴はわたしに三年間何をしていたのか教えろと迫《せま》ってきた。難病を発症した義父の介護をしていたことをぽつぽつと語ると、酔いでほんのりと赤くなっていた美晴の顔から血の気が引いていった。

「は？　毎日ずっと、義理のお父さんの介護……？　それで貴瑚、成人式にも来なかったんだ……」

美晴には、高校時代に家の事情を少しだけ話していた。両親の愛情が下の弟にだけ向けられていて、わたしのことには興味がない、といった程度のことだけれど。そのとき美晴は『再婚家庭ってそんなもんだよね』と笑った。美晴もまた、再婚家庭の子どもだったのだ。だからなのか、一緒にいてとても気が合った。お互い、学費以外のお金は自分で稼《かせ》げと言われていたので、ふたりで必死に割のいいバイトを探して競うようにして働いたものだった。

美晴の姿を見回す。手入れの行き届いた長い髪に、潤んだ唇。ゼリービーンズみたいな爪はきらきらと輝いていた。同じような環境《かんきょう》にいたはずなのに、わたしと彼女はどこでこんなに差がついたのだろう。いやきっと、最初から大きく違っていたのだ。介護のために深く爪を切った指先をぐっと握り込んだ。

「それで、介護の他には何してたの？」

美晴に訊かれて、我に返る。

「え……他って……？　あ、家事のこと？　家族の分の洗濯とか食事作りは、してるよ。家のことは、わたしの担当だから。でも、たまに昼寝しちゃって、見つかって怒られるんだけどね、へへ。でもほら、夜中に何度も起きないとならなくて、だから、纏《まと》まって眠れないんだ。床ずれ防止に体位を変えて、あとはえっと、おむつ交換とかするので……」

思い出しながら話すと、美晴が顔を覗き込んでくる。その顔が酷く強張っていたので首を傾げると、「ねえ、貴瑚。自覚してる？」と真剣《しんけん》な声で言われた。

「自覚って、何が」

「ずっと気になってたけど、喋り方がおかしい。貴瑚ってもっと毒舌でさ、ぽんぽん言葉が出てたよ。そんな鈍《どん》くさい喋り方、してなかった。ていうか、もう別人みたいだ」

一体どうしたのさ、と美晴が声を荒らげる。わたしはその怒りにも似た顔をどこか遠くに感じていた。多分美晴が知っているわたしも、遠くにいってしまったのだろう。

「頑張ってたんだよね」

あっけらかんとした声がして、それは黙ってわたしたちの話を聞いていたアンさんだった。

「介護ってすごく大変だって聞いたことあるよ。それも難病患者の介護をひとりで背負《せお》ってるなんて、それはもうぼくたちの想像以上ってことだよ、牧岡《まきおか》さん」

アンさんがわたしに向かって、眉を下げて微笑みかけてくる。

「キナコは一所懸命に頑張ってたんだね。でも、誰も代わりのきかないことをひとりでやるのは、辛かったろうね」

アンさんは、笑うと目が糸みたいに細くなる。夜空に横たわる三日月のような目を、不思議な思いで眺めた。初めて会ったひとなのに、どうしてわたしのことを昔から知っているように、欲しい言葉をくれるのだろう。

「頑張るのは、えらいことだよ。でも、そろそろ限界だと思う」

「でも、わたしがやらないとならないんです。血の繋《つな》がらない、母の連れ子のわたしを高校まで出してくれた恩があるので」

だから、わたしがやらないとならない。何度となく母が言い、わたし自身も自分に言い聞かせた言葉を口にすると、アンさんが「恩で死ぬの？」と訊いてきた。

死という言葉に虚を衝《つ》かれて口を噤《つぐ》むと、アンさんは「キナコ、さっきまで死ぬつもりだったよね？　てことは、もう限界を越してるんだよ。死ぬくらい追い詰めてくるものはもう『恩』とは呼べないんだよ。それは『呪《のろ》い』というんだ」と子どもに言い聞かせるようにゆっくりと言った。まさか、わたしが死を考えていたことに気付いていたとは思わなくて、彼の顔を見つめることしかできない。

「呪いになってしまうと、あとはもう蝕《むしば》まれていくだけだ。だから、抜け出す方法を考えようよ」

「抜け出す……？」

呟くと、美晴が「そうだよ！」と声を大きくしてわたしの肩を摑んだ。

「貴瑚、言ってたじゃん。高校を卒業したら、新しい人生が始まるんだって。貴瑚はまだ、その新しい人生に踏み出せてないんだよ」

それはもう、ずいぶん昔の記憶のような気がする。でも、そういう希望を抱いていた日が確かにあった。ずっと望んできた家族の輪から離れてしまう代わりに、何か得られるものがきっとあると信じていた。わたしは高校卒業式前日のあの日で立ち止まってしまったままなのかもしれない。

「キナコ、新しい人生にいこう」

アンさんが言う。わたしは耳の奥で、とくとくと音がするのを感じていた。何の音だろう。ああ、これはわたしの心臓が高鳴る音だ。わたしは、ここから進むことができるのだろうか。ふたりの笑顔を見つめた。

その日は美晴のひとり暮らしの部屋に泊《と》まることになり、わたしは美晴が用意してくれた布団《ふとん》に倒れ込むと同時に気を失うようにして眠りに落ちた。美晴曰く、死んでしまったのかと不安になるくらい、微塵《みじん》も動かなかったらしい。誰に起こされることもない深い眠りから目覚めると、太陽はすっかり高みに上っていた。

「ご、ごめん！」

飛び起きると、朝食の支度をしていた美晴が「もっと寝てていいのに」と笑った。

「でも、仕事があるでしょ」

「今日は日曜だから普通に休み。昨日今日と連休だったからみんなで出かけてた、って説明もしたんだけど、覚えてなさそうだね。あ、食欲ある？　ご飯できたよ」

ふたり用のダイニングテーブルに向かい合って、朝食を取った。トーストに卵とトマトのスープ、アボカドサラダを支度してくれた美晴が「ありあわせのものでごめん」と言う。

「ううん、すごく美味しい。美晴、料理が苦手だったのにすごいね」

「そりゃひとり暮らしが長いからね」

美晴は、高校卒業後は家を出ることになっていた。奨学金《しょうがくきん》を貰い、バイトを掛け持ちしながら短大に通う予定だったのを覚えている。ワンルームの部屋を見回せば、生活感があるけれど綺麗に整頓《せいとん》されていて、壁にはたくさんの写真が飾られていた。いろんなひとたちの中で笑っている美晴がいる。きっと充実した三年間だったのだろうと思うと同時に、泣き出したくなるような衝動を覚えた。温かなスープを飲んで、それを堪える。羨んでも、どうしようもないでしょう。

「そういえば、アンさんから連絡があった。貴瑚に話したいことがあるから、後からここに来るって」

美晴が言い、わたしは昨晩長く付き合ってくれたひとの顔を思い出す。

会話の途中で、わたしはアンさんに『すみません』と頭を下げた。恋人の友達だからって、いろいろお気遣いありがとうございます、と。ここまでよくしてくれるのだから、ふたりはきっと付き合っていると思い込んでいたのだ。しかし、美晴が『違う違う』と笑い飛ばした。

『アンさんはただの会社の先輩だよ。本当のこと言うと、あんまり話したこともない関係だったんだ。だから、アンさんが来てくれたときは内心めちゃくちゃ驚いたんだよね。そうだ、なんでついて来てくれたんですか』

最後の台詞だけ、アンさんに向けられていた。アンさんはハイボールをゆっくり飲んでいて、わたしと美晴の視線を受けると『猫の手』と言った。

『いつも冷静な牧岡さんが動揺して、誰か来てって言うからには大変なんだなと思ったんだよ。で、そういう大変なときは猫の手でも借りたいっていうじゃない？　だから、猫の手くらいにはなれるかなって。あと、大人数で映画を見にいくよりは昼酒が飲みたかったし、ちょうどよかった』

アンさんは冗談《じょうだん》めかして言ったけれど、美晴はくっと息を呑んで、それから深く頭を下げた。

「アンさんは、美晴のことが好きなんだろうね」

そんな理由でもないと、彼の行動に説明がつかない。トーストを齧りながら言うと、美晴は「違うと思う。多分、あのひとはものすごく優しいんだよ」と確信めいた口ぶりで返す。彼が担当する教室は、塾生からとても人気があるのだという。進学してもアンさんに勉強を教わりに来る子や、学校は長く不登校を続けているのにアンさんの教室にだけは通えている子の話を美晴はして、困ったように笑った。

「私は、そんなの叱らないだけじゃないの？　って思ってたんだよね。ニコニコして無害だから、子どもが懐くだけでしょ、って。けど、そんなことなかった。昨日さ、貴瑚に真っ先に気付いたのって実はアンさんだったんだ」

あの子、様子がおかしいな。アンさんがふいに呟いて、美晴が何気なしに視線をやった先にわたしがいたのだという。そういえば、美晴に気付く前に男性と目が合った。あれは、アンさんだったのか。

「その後も、アンさんはずっと一緒にいてくれたじゃない？　私さ、正直言うとあのときめちゃくちゃパニクってたんだよね。貴瑚の後ろにいかつい死神がいてさ、鎌《かま》をフルスウィングしてるのがマジで見えたんだよ。これは早いとこ引きはがさなきゃすぐにでも死んじゃうっていうのは分かるんだけど、でも何をどうしていいかまでは分かんなくて。だからアンさんがひょこひょこついて来てくれたとき、ほっとしたんだ。貴瑚に最初に気が付いたこのひとが来てくれるなら大丈夫だって。きっとあのひとは、ひとの苦しみとか哀しみに対してすごく優しいんだと思う」

アンさんが、わたしを見つけてくれた。そして助けてくれた。そんな、無償《むしょう》の優しさを初対面の女に向けられるようなひとが、果たして本当にいるのだろうか。簡単には信じられなくて、でもそうだったらいいなとどこかで思う。そんな神さまみたいなひとが本当にいるのなら、いい。

食事後少しして、アンさんがやってきた。彼は挨拶もそこそこに、わたしの前にたくさんのパンフレットや書類、書籍を広げた。

「支援を受けられないかと思って調べたんだ」

テーブルの上で山になったものをざっと見て、すぐに気付く。それらは全て、ALSに関するものだった。

「ぼくもまだ分からないことが多いけど、一通りは頭に入れたつもり。在宅サービスに、通所サービスなんかは使ってる？　昨日少し話を聞いた限りだと、今後お父さんは二十四時間体制で看ないとならないと思うんだ。そうすると、こういうALS患者の受け入れ可能な老人ホームという手もある。看護師が常にいるから安心で……」

一番近い所にあった書籍を手に取ると、『家族の介護のある生活』とある。帯に、『頑張る、ではない。家族と当たり前の笑顔の日々を送るために』と赤字で書かれていた。

「キナコ、状況は改善できるよ」

アンさんの声に、本から顔をあげる。アンさんは「大丈夫、大丈夫」と朗らかに言い、わたしは心底意味が分からなくて「何でですか」と訊いた。

「何で、ここまでしてくれるんですか」

優しさだけでここまでできるはずがない。きっと何かあるのだ。美晴も答えを求めるようにアンさんを見つめている。わたしたちの視線を受けたアンさんは困ったように頰を搔いた。

「可愛いから」

へ？　と美晴が素《す》っ頓狂《とんきょう》な声をあげる。アンさんはわたしを見て、「そりゃあ、キナコが可愛いから、邪《よこしま》な気持ちで動いてるんだよ」と少しだけ照れたように言った。

「え、は？　あの、わたし冗談を聞きたいわけじゃ」

「やだな、本心だよ。可愛い女の子のためじゃなきゃ、こんなことしないよ」

アンさんが、ぷう、と頰を膨らませる。これは、からかわれているのだろうか。いまの自分がどれだけ悲惨《ひさん》な姿をしているか、よく分かっている。しかも昨日、出会ったときなんて死神を背負っていたのだ。そんな不気味な女を可愛いと思うわけがない。口を開こうとすると、アンさんが人差し指をわたしに突きつけてきた。

「でもね、きみの不幸につけこもうってつもりはないんだよ。ぼくは、そんな下衆野郎ではない。うーんと、できれば仲良くしたいなあって、それくらいの下心かな」

指を下ろして、ふふふとアンさんが笑う。それはパンのヒーローの笑顔と重なった。あのヒーローは、私欲のない神さまみたいな存在だ。ひとのしあわせだけを願い、そのためにいつだって迷いなく動けるヒーロー。ああ、そうか。このひとは本当に、そういうひとなのだ。パズルのピースが収まるように納得して、だからわたしはカバの子どもになったみたいに素直に「ありがとう」と笑った。

「アンさんって貴瑚みたいな子がタイプなんですね」

美晴がにやりとすると、アンさんは平然と「ぼくも男ってことだよねえ」と返す。

「牧岡さんなら、来月の連休までに準備する程度には助けるから安心して」

「うわ、何かリアルな差をつけられたんですけど」

美晴とアンさんが声をあげて笑う。その温かな空気に、わたしも思わず微笑んだ。

それからアンさんはわたしの状況や義父の状態を詳しく訊いてきて、わたしはそれに素直に答えた。これまで誰にも言えなかったことでも、アンさんの静かな問いには何の抵抗もなく口が動いた。横で聞いている美晴は時折辛そうにため息を吐き、でも黙ってコーヒーを淹《い》れてくれた。

「キナコの負担を軽減することはできる。通所サービスを使えば週休二日も可能だし、それ以外の日も自由時間の確保ができると思う」

いくつものパンフレットと、わたしの話をメモした紙を交互に見ながらアンさんが言う。

「いままでが酷すぎるから、状況改善はどうにでもできる。ただ、きみはどうしたいの？　このままずっと、お父さんの介護をしたい？」

アンさんの質問に、頭が真っ白になる。アンさんは厳しくも見える目をわたしに向けた。

「残酷な話をするよ。キナコのお父さんはあと何年生きるか分からない。半年後に死ぬかもしれないし、十年後かもしれない。その不確かな間、きみはきみの人生をお父さんに捧げ続けるつもりなの？　お父さんが死ぬまで、きみは自分の人生を放棄《ほうき》することになる」

それは、見ないようにしてきた事実だった。しかしひとの口から断言されて、背筋がぞっとする。義父が死ぬまで、わたしはわたしを生きられない。

「きみの人生を消費しているのに、きみの御両親は改善を図っていない。どころか、もっと捧げろと言っているような様子だ。きみもそれを感じているからこそ、昨日は追い詰められて死を考えたんだと思う。状況は悪化するばかりで、きみが救われることはない。ならば、きみはお父さんから……その家族から離れるべきだ」

家族から、離れる。もう、そうするしか道はないのだろうなと思う。母がわたしに『こいつが代わりに死ねばいいんだ』と吐き捨てた瞬間、縋っていた頼りない柱が音を立てて崩れ落ちた気がした。もう、元には戻れない。

「誰かを支えるというのは素晴らしいことだよ。でも、自分の人生は自分のために使っていいんだ。これはぼくの勝手な意見だけれど、きみは家を出てきちんと自立するといい。そこで、自分の収入から家族にいくらかの送金をすることで『恩』を返すんだ。お金があれば、お父さんは介護付きの老人ホームに入所もできるだろう。きみは恩を別の形で返すだけだ、それなら、少しは心が落ち着くんじゃないか？」

アンさんが喋る分だけ、霧《きり》が晴れていくように視界が広がっていった。暗かった世界が、少しずつ明るさを取り戻していくような感覚がある。アンさんに、光の元に導かれているような気さえした。

それから数日後、わたしはアンさんと一緒に実家に戻った。母は家にいて、わたしの姿を見るなり「どこに行っていたのよ」と声を低くした。

「入所案内のパンフレットだの電話だのが山ほどくるのよ。あんた、勝手に何をしてんの？　あたしはそんなの、許してないんだけど」

病院からいなくなったわたしがこの数日どうしていたのか、気にもならないのだろうか。隠しきれない怒りの滲んだ声を前に固まってしまったわたしを背中にやって、アンさんが「初めまして」と頭を下げた。

「貴瑚さんの友人で岡田といいます。彼女を助けに来ました」

はあ？　と母が眉を寄せる。

「誰ですか、あなた。だいたい、助けるって何のことでしょう。その子は自分の仕事である夫の介護を放棄して、急にいなくなったんです。困っているのはこちらの方……」

「彼女はもう、介護はできません」

アンさんは、わたしより少し背が高い程度だ。中肉中背で体が大きな方ではなく、顔をあげれば、彼の向こうにいる母が見える。母が手を伸ばせば、わたしを摑むことができるだろう。アンさんの服の裾を、無意識に摑んでいた。

「行政や病院に御主人の受け入れ先など相談するように進言したのはぼくです。医師や看護師の方たちはずいぶん親身になってくださいましたよ」

アンさんとわたしは、連日いろんなところを回って義父の今後について相談した。父の病院の医師たちは、いなくなったわたしを母よりもよほど心配してくれていて、ケアマネージャーと一緒に丁寧に話を聞いてくれた。

「入所できそうな施設《しせつ》と、当面の間利用できるであろう在宅サービス等の資料です。あとは、お好きになさってください」

紙袋に入れた資料をアンさんが差し出すと、母はそれを乱暴に払った。玄関に紙が散らばる。母は我慢できなくなったのか、とうとう声を荒らげた。

「何を勝手なことを言ってるの？　貴瑚がこれまで通り介護をすればいいだけのことです。あなたね、一体何なの？　貴瑚、お引き取り願いなさい！」

「助けに来たと言ったでしょう。ぼくは、この家から彼女を連れ出すために来たんです」

さあ、とアンさんがわたしに振り返って言う。

「キナコ、荷物を持っておいで。車に積めるだけ」

わたしは勝手に起こる体の震えに耐えていた。母を前にすると、何てことをしでかしたのだろうと思う。こんなことをして、許されるはずがない。アンさんの向こう側の母は、いまにもわたしに殴りかかってきそうだ。摑み引きずられ、またトイレに閉じ込められるのではないだろうか。

アンさんに、ごめんなさいもういいですと言おうとした、そのときだった。母が叫んだ。

「貴瑚はあたしの娘よ。勝手に出て行かせるもんですか！」

あたしの、むすめ？　震えが一瞬止まり、わたしは母を見返す。アンさんが小さく笑った。

「『こいつが代わりに死ねばいい』、んでしょう？」

母がひゅっと息を呑んで、アンさんを睨んだ。

「こいつが病気になって死ねばよかったのに。そう言った口で、彼女を娘と呼ばないでくださいませんか」

アンさんが初めて、苛立った声を出した。

「彼女は、医師たちから心療内科の受診を勧められるくらいに心が疲弊《ひへい》している。そこまで追い詰めておいて、よく母親ヅラができるもんですね」

「あ、あんたに関係ないでしょう。貴瑚、あれは気が動転していただけよ。あんたには本当に助けられていて、お父さんだってそう思ってるわよ。それにね」

「いい加減そのうるさい口を閉じろよ、おばさん」

アンさんが吐き捨てるように言い、わたしは目を見張る。

「母親だっていうのなら、もうこの子を解放してやれ」

母の顔が怒りで染まったそのとき、「いいじゃん」と高い声がした。

「いいじゃん、ママ。姉ちゃんの好きにさせなよ」

奥からのんびり現れたのは、真樹だった。手にはポータブルゲーム機を持ち、にやにや笑っている。

「パパをどっかの施設に入れるって、いい考えじゃん。オレ、めちゃくちゃ賛成なんだけど」

義父によく似た顔で真樹は笑う。家の中がいっつもウンコ臭いし、パパは獣みたいに唸《うな》るしさ。恥ずかしくって友達を家に呼べなかったんだ。姉ちゃんも人前に出せるようなキレイなもんじゃないじゃん？　ふたりとも出ていくなら、もうそれでいいよ。

母がばたばたと真樹に駆け寄り、肩を摑む。

「真樹、何を言ってるの⁉　お父さんは、あんたのことをそりゃ可愛がって、だからあんたのためにも長生きを」

「もういいって。そういう押し付けがましいの、ウザい」

真樹が母の手を面倒臭そうに振り払う。ゲームの楽しげなＢＧＭをぼんやりと聞きながら、子どものころ大事にしていた絵本を思い出した。

虹《にじ》の大好きなクマの子が、うつくしい虹がかかっているのをうっとりと眺めている。それを見ていたきつねの子が、ガラスの小瓶《こびん》を振り回すと、虹の欠片を瓶に閉じ込めることができるんだよと嘘を教えるのだ。クマの子は虹を探しまわって、ようやく見つける。そして必死に瓶を振って蓋《ふた》をして、虹の欠片を閉じ込める。何も入っていないじゃないかと森の仲間たちは馬鹿にするけれど、クマの子だけは虹の欠片が入っていると信じて大切に大切に瓶を守るのだ。瓶はきつねの子のいじわるによって割られてしまい、森の仲間たちもきつねの子と一緒に愚かなクマの子を笑う。しかし、クマの子は瓶の底に一粒、虹の欠片を見つける。金平糖《こんぺいとう》のようなうつくしい虹色の欠片を摘《つま》み上げて、クマの子は幸せそうに微笑む。

わたしの瓶には、結局何も入っていなかったのだなと思う。一粒の本当も、なかったのだ。

「アンさん。荷物、とってきます」

言って、自室に向かった。自室といっても、もう長いこと義父のベッドの隣に布団を敷いて寝ていたので、馴染みも何もない。それに、持っていくものが衣服と貯金通帳くらいしかない。美晴の部屋を思い出しながら、殺風景な自室を見回した。わたしは、義父を生かすために自分の何かを殺し続けてきたのだ。わたしはきっと、生きながら死んでいた。呆然と立ち尽くしていたけれど、玄関でアンさんが母といるのを思い出す。頭をぶるりと振って、紙袋に適当に服を詰めた。それから机の引き出しの奥に突っ込んだままだった通帳を取り出す。三年前に、新生活用にと自分で貯めた金額は多くないけれど、当面の生活費となる。バイト代を少しずつ貯めて、その残高を見ては新生活に夢を馳《は》せた日が蘇る。あの日の夢の続きは、これから見られるのだろうか。

急いで玄関に戻ると、アンさんだけが立っていた。母や真樹の姿はない。

「母親は、好きにしろって言ってどっか出ていったよ。弟くんは、奥に引っ込んだ」

アンさんに紙袋を渡しながら、奥に目をやる。半分血が繋がっていて、生まれたときから成長を見てきた存在。弟と呼ぶには関わりが少なくて、でもわたしなりに愛情を持っていた。あの子が無条件に愛されているのを恨《うら》めしく眺めたこともあるけれど、でもいてよかったとも思っていた。あの子が母と義父の間でしあわせそうにしていれば、母もしあわせそうに笑っていたから。わたしでは、母を笑わせることはできない。

「行こう。牧岡さんが友達と待ってる」

わたしは、美晴の短大時代の友人のアパートに住まわせてもらうことになっていた。ルームシェアをしていた子が出ていって、新しいルームメイトを探しているということだった。いまごろは、美晴がわたしの為に部屋を掃除してくれているはずだ。

アンさんが借りてきてくれたレンタカーに荷物を積んでから、助手席に座る。車が動き出し実家を離れていくと、堰《せき》を切ったように涙が溢れた。哀しみとも恐怖《きょうふ》ともつかない感情が溢れて嗚咽《おえつ》が洩れる。両手で顔を覆《おお》うわたしの頭を、アンさんが撫でた。

「辛いのも当然だよ。いま、キナコは第一の人生を終えたんだ。でもね、彼らはきみの前の人生の登場人物になったから、だからきみに新しい傷をつけることはない」

これが、人生を一度終わらせるということなのか。これで終わっていいのだろうか。吐きそうになって、必死で堪える。喉の奥から熱い塊が何度もこみ上げてきて、アンさんがそれに気付いて車を路肩に止めてくれた。車から飛び出して、その場にへたり込んで吐こうとする。しかし、嘔吐《おうと》の波は何度となく押し寄せているのに口からはだらだらと涎《よだれ》が垂れるばかりだった。げえげえと声をあげるわたしの隣にアンさんが来て、背中を撫でた。

「出したいものがあるのなら、全部出していいんだよ。何でも出すといい」

優しい手の温もりと声に、何かがぷつんと音を立てて切れた。

「お、お母さんが……」

「うん」

「わたし、お母さんが大好きだった。大好きで大好きで、だからいつも……いつも愛して欲しかった」

喉の奥の塊が零れ出る。もう止められなくて、子どもみたいに繰り返す。お母さんが大好きだった。わたしの全てだった。

母は昔から、感情の起伏の激しいひとだった。癇癪《かんしゃく》を起こして怒鳴ったあと、泣きながら抱きしめてくる。わたしを抱えてひとりで生きていかねばならない不安を常に抱えていたのだろう。再婚前は、一日の間で何度も感情を波立たせていた。理由なく怒鳴りつけられ、殴られたことも数知れない。でも、それと同じ分、愛してもくれた。わたしを抱きしめ、『さっきはごめんね』と『大好きだよ』を繰り返した。あたしは貴瑚がいるから、踏ん張って生きていられるんだ。こんなあたしに呆《あき》れちゃうかもしれないけど、でもお願い。傍にいてね。

優しい匂いと、やわらかな温もりと、頰に感じる熱い涙。それだけでわたしは何もかもを許せた。いいよと言えば、母は嬉しそうに笑い、自身の涙で濡れたわたしの頰にキスをした。

それから義父と出会い再婚して、母の感情の波は穏やかになった。わたしでは永遠に満たせなかった部分を、義父は満たすことができたのだろう。だから母が義父を深く愛するのも当然のことだ。でも、だからって満たせなかったわたしを疎《うと》むようになるとは思わなかった。

それでも、何をされても、母にもう一度抱きしめてもらいたいと願っていた。いつかのように強く抱きしめて、『大好きだよ』と言ってもらえたら。そしたらわたしは全ての嫌なことを忘れられる。キスひとつで、なかったことにできる。だから、大好きと言って。そう願って生きてきた。

しかし母はわたしを見ようとしなかった。わたしはもう、母にとって不要になったのだろう。分かっていたけれど、認めたくはない。だからこそわたしはずっと寂しかった。わたしはいつも寂しくて、愛されたかった。

「お母さんに、愛されたかった。どうしたらまた、愛してもらえたんだろう」

それは、トイレの小窓の向こうに流していた思いだった。誰にも届かない、誰にも聞こえていない思い。

「全部出しな。全部ぼくが聞いてるから。ぼくに、聞こえてるから」

アンさんに抱きしめられる。母とは違うけれど、でも確かな温もりに包まれる。大丈夫、ぼくが全部聞いてる。キナコの思いはお母さんには届かなかったけれど、ぼくには届いたよ。

長く行き場のなかった思いが、初めて誰かに届いた。それは嬉しくて、でもやはり哀しかった。だからアンさんに言った。次の人生があると言うのなら、それなら次の人生は届けたいひとに届けられるようになりたい。わたしの思いを受け止めてほしいひとに、受け止められるようになりたい。

アンさんは「できるさ」と優しく言う。

「第二の人生では、キナコは魂の番と出会うよ。愛を注ぎ注がれるような、たったひとりの魂の番のようなひととときっと出会える。キナコは、しあわせになれる」

そんなひとが果たしているのだろうか。いるわけがない。

「いまは悲観したくなっても仕方ない。でも大丈夫、きっといるよ。それまでは、ぼくが守ってあげる」

アンさんの手が、何度もわたしの背中を撫でる。その度に、心が温かくなっていく。これまで誰が、わたしにそんなことを言ってくれただろう。誰がわたしを救い出してくれただろう。わたしは、彼が新しい人生だというこの始まりの記憶だけで生きていける気がする。他にはもう、何もいらない。

# 4　再会と懺悔《ざんげ》

朝、ごそごそする気配に目覚めると、52が居場所を確認するようにきょろきょろと周囲を見回していた。

「おはよう」

声をかけると、びくりとする。それから傍に寝ているわたしに気が付いて、慌てて何度も頭を下げるので笑った。あれから52は、糸が切れた人形のように縁側でコトンと眠りに落ち、どれだけ起こしても起きなかった。仕方がないので、わたしは彼と家中のタオルケットに包《くる》まって縁側で眠ったのだった。

「寒くなかった？」

わたしは、子どもの体温が近くにあったお蔭で寒い思いをせずに熟睡《じゅくすい》できた。52も何度も頷いたので、寒くなかったと思うことにする。

「朝ご飯つくるから、一緒に食べようか。まずは、顔洗っておいでよ」

52、と呼ぶとはっとして、それから奇妙に顔を歪めて頷き、洗面所に走っていった。

タオルケットに包まれたまま、子どもの足音を聞く。それから、朝食の支度をするために起き上がった。

「ねえ、これからのことなんだけどさ」

食後、自分の分としてコーヒー、52にはりんごジュースを出してから話を切り出した。

「わたしはあんたがこの家にいつまでもいて構わないけど、あんたは未成年だから、このまま置くのは問題になっちゃうんだよ。ていうか、どこまで話ができる？」

52は、昨晩は微かではあったけれど声をあげて泣いた。でも、言葉を喋るのは難しいようで、いまはいつも通り唇を引き結んでいる。

「とりあえず、こういうものを用意したんだけど」

ノートとボールペンを52の前に置いた。

「話せることがあったらここに書いて欲しい。できる？」

ページを開いて訊くと、52はボールペンを取り上げて頷く。

「ええと、まずはそうだな。喋れないのは、病気？」

52は首を横に振り、『分かんない』と書いた。拙《つたな》いけれどしっかりと書かれた文字に驚く。それから彼は『くるしくなる』と続ける。

「くるしくなる……喋ろうとすると、息苦しくなるって感じ？」

自分でもよく分かっていないのか、52は曖昧に頷く。根が深そうだなあと思うので、とりあえずそこは置いておく。

「52は、これからどうしたい？　あんたの意見をわたしは尊重《そんちょう》する」

訊くと、52はすぐに『帰りたくない』と書いた。

「そうか」

帰りたくない、か。となれば、どうするのが正解か。警察に連れていって事情を説明すれば、家に戻らなくてよくなるのか。しかし、その先は？　施設に入るの？　考えていると、52がまた何かを書いて、わたしにそっと差し出した。

『ひとりにしないで』

52がわたしを見る。その目にはいろんな感情が混じり合っていて、かつての自分の目と重なった。このひとは本当に、自分を助けてくれるのだろうか。自分を見限ったりしないだろうか。期待したくて、でも怖くて堪らない。

わたしがこの子を警察に連れていって、例えば施設に入ることになって、そうしたらこの子はひとりになることはない。誰かが傍についていてくれるだろう。でも、それでこの子は本当に『ひとりではない』と思えるだろうか。ひとりではないと感じ、満たされるだろうか。

「……ひとりになんて、しないよ」

少しでも優しく伝わるように、精一杯穏やかな顔を作って言った。

きっと、違う。この子は、そういう救いを求めているんじゃない。もっと安心させようと頭をポンポンと撫でると、52の表情が少しだけ和らいだ。

「じゃあ、わたしはあんたのことをよく分かっていないから、いくつか嫌な質問をするね。まず、あんたに暴力を振るって、ムシって呼んでるのは誰？」

52の顔が強張り、ペンを持った手をぎゅっと強く握る。それを見ながら訊く。

「お母さん？」

声がなくとも、ペンが動かなくとも、その顔を見ただけで答えがわかる。小さく息を吐いて、「じゃあ次の質問」と続ける。

「おじいちゃんはどうなの？」

品城さんは、孫を可愛がれないと愚痴を零していると言うけれど、娘が孫に暴力を振るっているのを黙って見ているのだろうか。52は『ぼくを見ない』とペンを走らせた。それから『ムシだから』と続ける。

「……そう。おじいちゃんも、お母さんと同じようなものなんだね」

気持ちが塞《ふさ》ぎそうになる。義父がわたしを殴る時、母はわたしに一瞥《いちべつ》もくれなかった。

拒絶《きょぜつ》するように向けられた背中を見つめる方が、殴られるより辛かった。

　しかし、この子がこんな状況に置かれていることに気付いているひとは、他にいないのだろうか。例えば、担任とか。わたしですら、この子の痩せ細った体や薄汚れた身なりに違和感を覚えたのだ。きちんとした大人が毎日のように見ていたら異常に気付くはずだ。

「学校は、行ってるんだよね？」

『お母さんとくらしだしてからは行ってない』

ああ、と声が出そうになる。何てことだ。でも、お母さんと暮らしだしてから？　以前は琴美と暮らしていなかったのだろうか。訊くと52は頷いた。

「じゃあ、いつからお母さんと暮らしだしたの？」

52は『末長《すえなが》のおばあちゃんが死んでから』と書いて、唇を強く噛《か》んだ。


　めし処よし屋は、この辺りでは人気店らしい。昼のピークタイムが過ぎたころ店に行ったというのに、外で数人が待っているほど盛況だった。十分ほど外で待ち、中を覗くとかいがいしく働いている女性店員たちが「いらっしゃいませ」と口をそろえる。その中に、琴美もいた。先日と同じデニム地のエプロンを身に着けて、くるくると動いている。

「おひとりさまですか？　窓際の席へどうぞー」

七十を超していそうな、腰の曲がった店員がわたしに言う。ちょうど、村中と座った席だ。メニューを開いて待っていると、琴美がお冷やを持って来た。

「御注文はおきまりですか？」

「とり天定食をください、琴美さん」

驚いた顔をした琴美がわたしを見て、それから「ああ、以前に村中くんと来た方？」と訊いてきた。

「そうです。覚えててくれたんですね」

「何となく、ですけど。あの？」

問うようにわたしを見るので、「後で少しだけ、お時間もらえませんか」と言う。

「ほんと、少しでいいんで」

「はあ。じゃあ、お帰りの際に声をかけてください」

琴美に、特におかしな様子はなかった。オーダーを取り、料理を運ぶ。他の店員や客と、笑みを浮かべて話しているのを見ていると、このひとが本当に52の母親なのだろうかと思う。子どもが昨晩からいなくなっているというのに、どうして平然と働いているのだろう。探し回っていれば、不安に駆られた顔をしていれば、まだ希望が持てると思ってここまで来たのに。

52は、年を訊けば十三だといった。中学一年生なんて、まだまだ幼い子どもだ。どこで夜露をしのいだのか、心配にならないのだろうか。

しばらくしてとり天定食が運ばれてきたけれど、食欲など湧《わ》くはずがない。琴美とは別の店員さんに頼んでフードパックを貰い、家で待つ52へのお土産《みやげ》にすることにした。ご飯とみそ汁、漬物《つけもの》だけをどうにか胃に収め、会計を済ませた。

琴美はすぐにわたしを追って店の外に出てきて、わたしは何をどう話そうか考える。琴美があまりにも普通の顔をして働いているから、驚いて思わずあんなふうに言ってしまっただけなのだ。どうしたものかと思っていると、琴美がうふふと笑う。

「あの、何でもないからね？」

え、と声が出ると、琴美は「村中くんと私は、何もないの。心配しないで」と照れたように言う。

「どうせ彼、私のことを何か大袈裟《おおげさ》に言ったんでしょう？　でも、何もないから余計な心配しなくっていいよ。彼は昔から私に憧《あこが》れてたんだよね。でも、それだけだから。付き合ったりとか、ないし」

日本語じゃないのではと思うほど、彼女の言葉の意味が分からない。けれど彼女は眉根をきゅっと寄せて「ダメだねえ、村中くん。彼女のことを不安にさせて」と唇を尖《とが》らせる。そこでようやく、琴美が勘違いしていることに気が付いた。

「ねえ、村中くんに私から連絡して叱ってあげようか？　彼女を不安にさせるなー、って。あ、でも携帯番号知らないんだった。ねえ、教えてくれる？」

「あ、あの。待ってください。わたし、村中の彼女とかじゃないです。わたしは、あなたの息子さんについてお話がしたかったんです」

慌てて言うと、琴美の顔から感情がそぎ落とされた。無表情になり、ほうれい線が溝《みぞ》を深くする。

「あの、わたし、息子さんと仲良くさせてもらっていて」

「私、息子なんていないけど」

さっきまでとは別人のような低い声で、琴美がぼそりと言った。

「え、だってあの」

「いや、本当にいないんで。別のひとと勘違いしてるんじゃない？」

「だって、村中がいるって言っていて」

何かの間違いなのか。しかし琴美は「あいつウザ」と小さく舌打ちした。

「じゃあいいや。それで、うちのが何?」

面倒臭そうに訊かれて、その変わり身の早さは母を思わせた。過去のどうでもいいことまで思い出されて、それに息苦しさを感じながら「だからあの、仲良くさせてもらっていて」と言う。琴美が片眉を上げた。

「ああ。もしかして、あんたの家にいるとか? あいつ」

「あ、はい。それであの、わたしはあなたとあの子のことを話したくて」

「話すことなんて、私はない。邪魔なら追い出してよ。あ、ありがとうございましたぁー。またいらしてくださいねぇ」

店の引き戸が開き、お客が出てくる。それに対して笑顔を作り、しかしお客がいなくなるとわたしに冷ややかな顔を向けた。そして「野良猫《のら》」と言う。

「野良猫に餌《えさ》やったら居ついて迷惑ってところでしょ? そんなら勝手に餌をやらないでくれる? 束の間だけ甘やかすのって、ある種の暴力なんだよ。知ってるー?」

挑発《ちょうはつ》するような言い方にかっとしてしまったのは、少しだけ後ろめたかったからだろうか。寂しくなかったとは言えない。でも、それだけでは決してない。

「あの子はわたしのところに逃げ込んできました。ケチャップ塗れで、怯えてた。あなた一体何をしたんですか?」

語気を強くして訊くわたしに、琴美がひょいと肩を竦める。

「私の食べようとしてたピザを勝手に食べたの。だから躾《しつ》けてやっただけよ。ケチャップじゃなくてタバスコにしてやればよかったって思ってる」

つまらなそうに言う顔が、怖い。彼女は、自分のしたことに少しの罪悪感も感じていない。

「あなたの実の子どもですよね？ どうしてそんなことができるんですか」

自分の声が荒くなるのが分かる。琴美はすっと目を細めた。それから「逆に訊きたいけど、どうしてしちゃいけないの？」と言った。

「私が産んで私が面倒みてやってる、私の子じゃん。どうしようと、私の勝手でしょ。それに、私はあいつを産んだせいで人生が狂ったの。あんたは私のことを加害者のように言ってるけど、私は私こそが被害者だと思ってる」

「は？ 被害者って、それ本気で言ってるんですか」

「うん、本気。しなくていい苦労はたくさんしたし、我慢しなくていいことも我慢してきた。私が辛い目に遭ってんのに、あいつはムシみたいにぼんやり生きてるだけ。そんなのをどう大事にしろっての。無理でしょ」

唇を歪めて、琴美が笑う。ちっとも役に立たない、足手まといになるばかりの子どもなんて、いらない。あんな虫けらみたいなもの産むんじゃなかったって毎日思ってる。てか、虫けらだったらパンって潰してそれで終わりにできるのにね。だから虫けらより性質が悪い。

耳を塞ぎたくなるような琴美の言葉に、泣き出しそうになる。あの子はこんな呪詛《じゅそ》みたいなものをずっと聞かされていたのだろうか。

「もう……もういいです！」

最後まで聞けないわたしは、弱いのかもしれない。でも、これ以上聞いていたら心がおかしくなってしまいそうだった。

「あの子はわたしが面倒をみることにします。でも、本当にあなたはそれでいいんですね？」

念を押すように言うと、琴美は「しつこいなあっ」と声を荒らげた。

「好きにしたら？　私は本気でいらないんで、どうにでもしてって感じ。てか、助かるだけだから。あ、やっぱ返しますとかやめてね。マジで迷惑」

涙が滲んで、琴美が霞《かす》む。胸の中で膨れていく感情は、哀しみではない、怒りだ。どす黒い嵐のような怒り。どうしてそんな、刃《やいば》のような言葉を振りかざせるのだ。その刃でひとは傷つき、血を流すことが分からないのか。

「では、あの子は当面、わたしがお世話させてもらいます。わたしは三島と言います。あなたのお父さんに自己紹介したこともあるので、お父さんに訊いたら住所も分かると思います」

涙を堪えながら父親のことを言うと、琴美の目が不安げにきょときょとと動いた。それでも、「絶対訊かないし」と言う。

「そうですか。では、これで」

言って、自転車に飛び乗った。ペダルを漕ぎながら、わたしより52の方が現実を見ていたのだと思う。家を出る時に、わたしが母親の様子を探って来ると言っても、どうでもよさそうにしていた。あれは、何も期待していない顔だった。あの子が諦めるまでに、どれほどのことがあったのだろう。

それにしても、琴美のあの顔を一発ぶん殴ってやればよかった。鬼《おに》だと叫んでやればよかった。でも、そんなことをすると、あのひとと同類になってしまう。腹が立って仕方がない。何て酷いひとだろう。汗だくになる勢いで自転車を走らせ、家に帰り着いた時には全身で息をしていた。久しぶりに立ち漕ぎなんてしたから、きっと明日は筋肉痛だと思う。息を整えながら自転車を停めていると玄関の引き戸が開いて、52が顔を覗かせた。こわごわとわたしの周囲を見回す様子は怯えている。それは、母の迎えを待つ子どもの態度ではない。

「ただいま！　これ、お土産」

とり天の入ったビニール袋を掲《かか》げて見せると、52はほっとしたように肩で息を吐いた。

52に琴美との会話をどこまで伝えていいのか考えている間に、夜になった。交互に風呂を使い、夕飯を食べる。開け放った窓から虫の声が聞こえて、52と耳を澄ませた。そうしながら、わたしは52の綺麗な横顔を見つめる。この子は、わたしにどうだったとは訊かない。きっと、分かっているのだ。だから、言うまいと思う。あのひとが振り回していた刃がどれだけ鋭利《えいり》だったかなんて、わざわざ伝えることはない。

しかし、琴美にこの子の面倒はわたしが見ると宣言してしまったけれど、どうしたらいいのだろう。この子の思いにどうしたら応えられるのだろう。

52がふいに立ち上がり、ノートとボールペンを持って来た。さらさらと書いて、わたしに見せる。

『52ヘルツの話をして』

「昨日話したじゃん」

言うと再びペンが動き、わたしの前にノートが突きつけられる。

『キナコはどうして52ヘルツのクジラを知ったの』

口元が思わずゆるんだ。急いで書かれたキナコ、という文字がこそばゆい。

「あのMP3プレーヤーは、美音子《みねこ》ちゃんがくれたの」

実家を出たわたしは、自分を上手くコントロールできなかった。三年の間に麻痺《まひ》した心がかつての状態に戻ろうとして、常に興奮状態だったのだと思う。マシンガンのように喋ったり、かと思えば潰されそうな恐怖に襲《おそ》われて泣いたりもした。美晴の友人で、ルームシェアをすることになった美音子ちゃんは、そんなわたしに嫌な顔ひとつしなかった。というより、わたしなんかに振り回されない子だった。多分、ひとと関わる距離感をきっぱりと決めていたのだと思う。わたしが自分の事情を喋ろうとすればさっさと自室に引っ込むし、夜中に泣きじゃくっているとドアの隙間からキンキンに冷えた缶ビールを転がしてきた。

そんな美音子ちゃんがこれだけは厳守しろと言ったルールは、男女関係なく決して他人を泊まらせないこと、外泊禁止のふたつだった。美音子ちゃんはいつもいろんなタイプの男の子を連れて帰ってきたけれど、誰も泊めはしなかった、そして美音子ちゃんが外泊することもなかった。彼女はいつも、綺麗に整えられた自分のベッドにひとりで収まって眠った。きっと、彼女にもそうしなくてはならない理由があったのだろう。でも、あの当時のわたしはいま以上に、自分のことしか考えられなかった。アンさんは無理でも、美晴くらい泊まらせてくれてもいいのに。それが無理ならわたしの外泊を許してくれてもいいのにと不満に思うばかりだった。

最初のころは、ひとりでいるのがとにかく怖くて仕方なかった。義父の痰が絡《から》む咳《せき》や杖を振るう音がどこからか聞こえてくるし、ドアが開いて母が殴りかかってくるのではないかという気がしてならなかった。夜は特に酷くて、電気をつけて布団に包まり、震えながら時間をやり過ごした。美音子ちゃんのくれるビールで酔えばとりあえず眠れたけれど、その分悪夢を見てしまう。そんなときの寝起きの気分は最悪で、ベッドから起き上がることすらできない日もあった。天井を眺めながら、第二の人生などと言ったけれどそんなものはなく、わたしの心はいまもあの家の来客用トイレに閉じ込められたままなのだと思った。トイレから——母たちから逃れることなどきっと永遠にできないのだ。

そんな状態でも、現実は容赦《ようしゃ》なく襲ってくる。就職先を決めなくては、とりあえずの生活も送れない。不安と緊張《きんちょう》で吐きそうになりながら面接にいっては落とされるということを繰り返した。不採用の連絡を受けるたびに、やっぱりわたしなんかが社会に出て働くのは無理なんだと自分を見限る気持ちが膨れ、目減りしていく通帳の残額がそれを増幅させる。アンさんや美晴が励ましてくれたけれど、わたしの心は持ちあがるどころか落ちていくばかりだった。ふたりはわたしの為に休日を返上して、方々を駆けまわって生活を整えてくれた。アンさんなどは、有休まで使ってくれていたのだ。そんなふたりに、これ以上どうして甘えられるだろう。一刻も早く社会に出て、ふたりを安心させなければならないとプレッシャーばかりを感じていた。ふたりの前では明るくいようと必死に努め、部屋に戻ってひとりになればその反動で泣き崩れる。実家を出たときにアンさんの言葉で得た幸福感など、とうに消え失《う》せていた。

ひとの目に触れないところで吐き続けるような毎日を過ごしていたある晩、いつものようにドアがそっと開いた。また缶ビールだと思ったけれど、美音子ちゃんがフローリングに滑らせてきたのは小さなＭＰ３プレーヤーだった。

『これ、聴きな』

『なに』

『52ヘルツのクジラの声』

静かにドアが閉まる。涙を拭って、イヤホンを耳に挿した。プレイボタンを押すと、水底からの声がわたしに真っ直ぐに届いた。

52が、わたしを見上げている。その無垢《むく》な顔に、「夜、眠れなかったの」と言う。

「昔のわたしはね、ひとりがとにかく怖くて、よく眠れなかったの。こそこそ泣いたりもした。でも、美音子ちゃんがくれたこの『52ヘルツのクジラ』の声を聴いていると、不思議と眠れたんだ。悪夢も見なかった。だから美音子ちゃんに、あれは何？　って訊いたんだけど、あの子は言葉の少ない子でね。気になるなら調べれば？　って。それで図書館に行って調べて……あれは衝撃だったな」

温かな光の差し込む図書館の窓際で、声をあげて泣き出しそうになった。これは、わたしだ。わたしの声は、誰にも届かない52ヘルツの声だったんだ。

でも、わたしはちゃんと声を聴いてくれたひとに出会えた。アンさんが、仲間のいる世界に助け出してくれた。それだけでしあわせだと思えたあのときのことを、忘れちゃだめだ。声が届いた喜びを、忘れちゃだめだ……。

「それからかな。クジラの声を聴くと気持ちが穏やかになって、ぐっすり眠れるようになったんだ」

心が落ち着くと同時に、就職も決まった。電子機器の部品をハンダ付けする工場の工員で、初出勤の日の夜は美晴とアンさんが焼肉をおごってくれた。美音子ちゃんもお祝《いわ》いに何かあげるよと言ってくれて、わたしはあのＭＰ３プレーヤーが欲しいと答えた。美音子ちゃんは、あんな中古でいいなら安くついたと笑って、頷いた。

美音子ちゃんとはそれから一年ほど一緒に暮らしたけれど、関係が深まることはなかった。彼女はいつでも、自分の中の線引き以上のことはせず、許してもくれなかった。ルームシェア解消の理由は地元に帰るからと教えられたけれど、わたしはその地元すら知らないままだ。ただ分かるのは、美音子ちゃんも52ヘルツのクジラの声を聴きながら眠った夜がきっとあるのだということ。いまどこで何をしているのかも分からないけれど、彼女には感謝しかない。彼女の優しさのお蔭で、わたしは失いかけていた社会性をもう一度取り戻せたし、かけがえのないものを知った。願わくば、彼女がいましあわせでありますように。

「いまでも、眠れない晩や寂しくて死にそうな時には52ヘルツのクジラの声を聴いてるんだ。でも昔と少し違って、わたしが発した声じゃなくて、わたしに向けられた52ヘルツの声について考えてしまうんだけどね……」

52が首を傾げ、わたしは微笑む。

「だから、あんたの声を聴くよ。ああそうだ。まずは、朝言ってた末長のおばあちゃんについて、もっと教えてくれる？」

詳しく訊こうとしたけれど、52はそれからペンを握ろうとしなかったのだ。もう一度訊いてみようとペンとノートを出すと、52はやはり顔を曇らせる。

「言いたくない？　でも、このままじゃ進めない。だから、お願い」

言うと、ペンを握った52は躊躇《ためら》いながらも『お父さんのおばあちゃん』と書く。

「父方の祖母ってことね。そのおばあちゃんがあんたのお世話をしてくれてたってところかな。お父さんは？」

『知らない』

父親を、知らない？　どういう事情があるのだろう。

「ええと、お父さんのことは知らなくて、でも父方のおばあちゃんが面倒を見てくれてたのね？」

訊くと『ちほちゃんも』と書き、『お父さんの妹』と続ける。

「ふう、ん。お父さんの妹だっていうのなら、ちほちゃんはもちろんまだ生きてるよね。おばあちゃんたちとはどこに住んでたの？　この近く？」

『馬借《ばしゃく》』

「どこだ」

思わず声が出る。この辺りの地名なのだろうか。焦っていると『北九州』と続けて書く。北九州って、福岡《ふくおか》県にあったんだったか。土地勘がないので、全く分からない。

『ちほちゃんに会いたい』

書いて、52はペンを置いた。どうしたのかと思えば、声を殺して泣いている。その様子を見ているだけで、ちほちゃんが52にとってかけがえのない存在だったのだと分かる。

そのひとに会えば、52のこれまでの生活や琴美のことが分かるかもしれない。そうすれば、何か状況が変わるかもしれない。

「……会いに、行ってみようか」

呟くと、52が顔をあげた。

「探しに行ってみよう。わたしも、あんたのことをちゃんと話せるひとに会いたい」

52が涙を拭い、わたしの手を摑む。その細い手を握り返した。

しかし、会いに行くと言ってもわたしには情報が少なすぎるのだった。翌日、わたしは縁側で空を見上げてどうしたものかと考えていた。

タブレットで検索して、どうにか北九州市小倉北区《こくらきた》馬借という地名を引っ張ってこれたけれど、それがどのくらいの範囲を指しているのかいまいち分からない。52も馬借以上の詳しい住所は分からないようだし、おばあちゃんたちと住んでいたのは二年ほど前だと言う。もしかしたら、行ったはいいけれど引っ越してすでにいないという可能性もある。とにかく行って考えてみるか。いまから荷造りすれば夕方には着くだろうし、ホテルを取って地道に探してみる、という手しかない気もする。

思案していると、玄関でチャイムが鳴った。庭先で土いじりをしていた52がびくりとして室内に駆けこんでくる。

「誰だろう」

52が部屋の奥に隠れるのを見届けてから、玄関に向かう。もしかして琴美が、とちらりと考えて、来るわけがないとすぐに打ち消す。宅配便か、村中だろう。

「はい、どなたですか」

引き戸の磨《す》りガラスに向かって声をかけると、「貴瑚」と声がした。

「貴瑚だよね？」

え？　嘘だ。まさか。慌てて玄関の引き戸を開ける。そこに立っていたのは、美晴だった。

「な、んで……」

「探しにきたに決まってるでしょ、バカ」

目に涙を溜めた美晴は、わたしの頬を叩いた。パン、と乾《かわ》いた音と衝撃に、夢じゃないのだと知る。それから美晴は何度もわたしを叩いて「バカ、バカ」と繰り返した。

「え、何で？　何でここが分かったの？」

「貴瑚の実家に行ったに決まってるでしょ。あのクソババア、めちゃくちゃ嫌そうな顔してたけど、しつこく粘ったら教えてくれたよ。嘘吐いてたらどうしようかと不安だったけど、よかった。こうしてちゃんと会えた」

まさか美晴が母のところまで行くとは。そしてここまでしてくれるとは、思ってもみなかった。言葉を失っていると、美晴がわたしを抱きしめた。その強さに、わたしはただ驚く。

「何で貴瑚はこういうことするの。私が心配するとか、考えてくれないの？」

信じられなくて、でもこの温もりは美晴に他ならない。美晴は体を離して、それからわたしの両肩を摑んだ。

「もしかしたら死んでるんじゃないかって、気が気じゃなかった。黙っていなくなるなんて、私がどれだけショックを受けたか分かる？」

摑まれた肩が痛い。

「こんなことしないで。私が何度頼めば、貴瑚は私を安心させてくれるの」

美晴の目から、涙が零れ落ちる。彼女を泣かせたのは、これで二回目だ。どちらも、わたしのせいだ。

「死ぬ気は……なかったよ。わたしはここで、ひとりで生きていきたかっただけで」

「何よそれ。貴瑚のやってることは、可哀相ごっこなんじゃないの⁉」

美晴が叫ぶように言い、その強さにわたしは震える。

「ちゃんと前を見てよ。お願いだから！」

「美、晴……」

かたんと音がして、美晴がわたしの背後に視線を向ける。それから涙を拭って「誰？」と呟くように言った。振り返ると、そろそろと52が近づいてきていた。わたしの服の裾を引っ張り、そして美晴に首を横に振ってみせる。顔色は真っ青で、震えている。もしかして、わたしが叱られていると思って、助けに来てくれたのだろうか。

「何、この子。こっちの知り合い？」

「あ……、その」

52が何度もわたしの服の裾を引くので、「大丈夫だよ」と笑顔を作ってみせる。

「このひとはね、わたしのお友達なの。わざわざ会いに来てくれたんだって」

52がわたしと美晴を見比べて、そっと手を離した。

「美晴、とりあえず中に入って。冷たいものでも出すから」

居間にはエアコンはついていないけれど、大きく窓を開けた縁側から海風が流れてくるので、扇風機《せんぷうき》で充分涼める。真っ先に居間に入った52は、部屋の隅っこに座り込んだ。わたしの後から入ってきた美晴をじっと見つめる。わたしが怒鳴られないように監視しているつもりなのだろうか。そんなことに気付きもしない美晴は室内をぐるりと見回し

「ふうん、中は意外と快適そうだね」と言う。

「電化製品も家具もちゃんとそろってるし、まあまあじゃない。外から見るとあんまりのボロ家だから、まともに生きてないいんじゃないかと焦った」

「もう長いこと誰も住んでいない家だったから、外はね。海風の影響もあるし。中は業者さんにちょこちょこ修繕してもらったんだよ。寝室にはちゃんとエアコンもついてる。あ、そこら辺に座ってて」

キッチンに行き、アイスコーヒーをつくる。52にはりんごジュースを用意して、トレイにそれらを載せて居間に戻る。しかし美晴の姿がなく、52が洗面所の方を指差すのでそのまま向かった。美晴は何故《なぜ》だか浴室を覗きこんでいた。じろじろと見回し、ぶつぶつと独り言を零している。

「水回りはやっぱり全体的に古いなあ。レトロなタイルはまあ可愛い範疇《はんちゅう》だし、許せなくはないけど」

「まだそこは、手をかけてないいんだよ」

美晴はトレイを持ったままのわたしの横を素通りし、今度は脱衣所の隣にあるトイレを覗きこんだ。

「あ、ここも同じタイル張りだ。昭和のトイレって感じ。あ、でもウォシュレットついてんじゃん。よしよし、いいぞ」

「来てすぐに家宅捜索？　ちゃんと生活してるってば」

呆れていると、美晴はわたしの顔を振り返り見て「だって私もしばらく住むところだからチェックしとかないと」とあっさり言う。

「え？　は？　でも、仕事は？」

「辞めた。だから、私が納得できるまで貴瑚と一緒に暮らす。あ、余分な布団ってある？　ないなら、ゆめタウン行こうよ。ここに来る途中見かけたんだ。あそこなら、色々そろえられてちょうどいいしさ」

捲し立てるように言った美晴はわたしの手にしたトレイからコーヒーのグラスを取り上げ、立ったまま喉を鳴らして飲む。半分ほど飲んで、ぷは、と息を吐いた。それから、わたしに宣言するように言った。

「私ね、貴瑚にとことん付き合うって決めたの。じゃないと、貴瑚はいつまでもちゃんと生きていけない気がするんだ」

「付き合うって……どうして、そこまでするの」

美晴に、そこまでする理由はない。言葉を探しながら訊くと、美晴はちょっと困ったように眉を下げて、「私なりの罪滅ぼしがしたいのかもね」と小さく笑った。

「罪滅ぼしって……何」

「まあ、気にしないで。とにかく、しばらく一緒にいるね。とりあえず、この子が何なのか説明してくんない？」

美晴が指差して、振り返ると52が立っていた。52の不安そうな顔と、美晴の不思議そうな顔を交互に見て、どうしたものかと少しだけ考えた。

居間に戻り、たまたま知り合ったこの子をわたしが面倒見ることになって、一緒に住み始めたと言うと、美晴は「え、え？　待って待って。意味が分かんない。何で？」と混乱した様子で52の顔を凝視した。りんごジュースを飲んでいた52は、その視線に耐えられなかったのかするりと立ち上がって庭に降りる。それからわたしが家庭菜園用に開墾《かいこん》していた一角に座り込み、黙々と土いじりを始めた。植木鉢《うえきばち》にスコップで土を入れている背中を見つめていた美晴が、わたしに視線を戻す。

「貴瑚がどう過ごしてるのか、私なりに色々とシミュレーションしてたけど、斜《なな》め上の展開過ぎてびびるわ。えっと、何でそんなことになってんの？」

52は背中を向けてはいるけれど、耳は澄ましているはずだ。だからわたしは「ねえ、52。このひとは美晴というの」と声をかけた。

「わたしの大事なお友達。だから、あんたのことを話してもいい？　絶対に悪いようにはしないひとだから」

少しの間があって、52がちらりとわたしの方を向いて頷いた。その信頼に感謝して、わたしは美晴に52とのいきさつを話した。52が聞いているから、琴美と直接話した部分だけは言い辛い。多少やわらかな言い方には変えたけれど、いらないと言われた事実だけは揺らぎようがない。52は再び背を向けていて、どんな顔をしているのかは分からなかった。

「それ、やばいじゃん」

聞き終わった美晴は眉を顰め、「警察に通報した方がいいよ」と言う。

「その琴美ってひとが仮に『子どもが誘拐《ゆうかい》された』って騒いだら、貴瑚が不利になる。この子の体に痣があるっていうんなら、それが消えないうちに警察に連れて行こうよ。虐待の証拠《しょうこ》があれば母親は捕まるだろうし、この子だって施設かどっか……」

がしゃんと音がして、見れば52がこちらを向いて立ち尽くしていた。土を入れようとしていたのか、植木鉢が二つに割れて中身を零している。52は泣き出しそうな顔をして首を横に振った。

「大丈夫だよ」

52に笑いかけ、それから美晴に「それはできない」と言う。

「わたしは、この子がこの子の声でちゃんと話せるひとたちのところに連れて行くって約束したんだ。警察に渡して終わりにはできないんだよ」

美晴が「でも」と口を開きかけるのを、「わたしがそうしたいんだよ」と止める。

「そうしなきゃいけないんだ」

美晴は考え込むようにしばらく口を噤んだあと、「五日間」と言った。

「五日間だけなら、黙ってる。その間に、この子の行き先をどうにかして」

「え？　何で五日間なの」

どこからそんな数字が出たのか訊くと、美晴は「アンさんが貴瑚を連れ出すのにかかった日数」と言った。

「貴瑚を見つけてあの家から連れ出すまでって、それくらいだったよね。それまでなら私は何も言わないし、何なら全面的に協力もする。でもそれ以上かかるのなら、警察に行くからね。無駄に時間を過ごすことは、貴瑚にもこの子にも意味がないと思うから」

美晴の言うことは、きっと正しい。この家でただ過ごすだけでは、何の解決にもならない。それにしても、五日間だなんて短すぎる。

「分かった。じゃあまずは、北九州市に行こう」

言うと、美晴がきょとんとした。

「どこ、それ」

それから数時間後、わたしたちは小倉駅のホームに立っていた。

タクシーで駅まで移動し、そこから電車に数時間揺られるという大移動で、東京から移動してきたばかりだった美晴は座りすぎて腰が痛いと情けない声をあげた。

「私、アラサーなんだけど。まじでしんどい。もう無理」

「とりあえず今日はどこかホテルを探そう」

空はすっかりオレンジ色に染まっている。小倉駅は想像していたよりも大きな駅で、背の高いビルが多い。ホームからでもいくつかのホテルが確認できるから、宿に困ることはなさそうだ。

「ちょっと美晴。スマホで宿を検索してよ」

「へいへい。ていうか貴瑚、何で携帯まで解約したのよ。電話が通じなかったとき、マジで死んだのかと思ったんだからね」

「そういうのは後で聞くから、早く」

ホームのベンチに腰かけた美晴が、唇を尖らせて検索を始める。わたしは町並みを眺めている52に「この景色、見覚えある？」と訊いた。52は、駅から少し離れたところに見える観覧車《かんらんしゃ》を指差した。夕暮れの日差しに赤い観覧車が照らされている。

「あそこ、行ったことあるの？」

訊くと、52はどこか寂しそうな顔をして頷く。誰かと乗ったことがあるのだろうか。

「あとから行ってみよっか」

52は首を横に振る。それからくるりと背を向けた。

「宿とれたよー。ここから徒歩五分だって。早く行こう、私もう腰が限界！」

美晴が悲鳴のような声をあげた。

小倉駅は、駅舎からモノレールの線路が飛び出して真っ直ぐに延びている変わった造りをしている。その線路に沿うようにして歩き始めた。拓《ひら》けた町並みに、美晴が「はじめて来たけどけっこう都会じゃん」と言う。

「ねえ、52。あんた、こういうところに住んでたの？　だったらあんな田舎に移り住んで、不便だったでしょ」

美晴は数時間の道のりで、喋らない52にすっかり慣れてしまっていた。

『ねえ貴瑚。52って呼び方、いいの？　正直、どうかと思うんだけど』

こわごわと訊かれたのは、電車に乗ってすぐのことだった。

『なんか、番号呼びってなくない？』

『え？　なんで。だって意味があるんだよ。ねえ、52』

どこが問題なのか分からない。52を見ると、わたしと同じように首を傾げている。

『いや、なんか囚人ぽいっていうか、事務的っていうかさあ。冷酷じゃん？』

『囚人なんてそんなの、意図が違うし。あ、でもクジラの方が可愛かったかな？』

確かに、彼にだって呼ばれたい名前はあったかもしれない。52に訊くと、首を横に振った。『いまのまま、52でいい？』と重ねると、こっくりと頷く。

『ほら、いいって』

『いやそういう問題でもないような』

呆れたようにため息を吐いた美晴だったが『ああでも、貴瑚らしいっちゃ貴瑚らしいか』と言った。

『高校のとき、彼氏のくれたプレゼントが全然好みじゃないって怒ってた梨香《りか》に、大事なのは気持ちじゃないの？　って貴瑚が正論ぶつけて怒らせてたの思い出した』

『そんなことあったっけ？　でも、52って名前は愛情籠めてるつもりだし、大事な意味だってある。それが重要でしょ？　それにお互い理解もしてるわけだし、いいんじゃないの？』

違う？　と重ねて訊くと、美晴はわたしと52を交互に見比べて『いい、のかもね』と頷いた。

『いや確かに、貴瑚の言う通りだ。あたしの気にしすぎだった。ごめんごめん。ねえ、あたしも52って呼んでもいいかな？』

美晴の問いに、52ははにかんで頷いた。

それからすぐに美晴も『52』と呼ぶようになって、そしていま、この状況を楽しんでいるようにも見える。美晴の柔軟で強《したた》かなところは、相変わらずだなあと思う。強くあろうとして、でも上手くいかずにバタバタもがくだけのわたしには、彼女はいつも眩しく映る。

ホテルは駅の近くにあった。ベッドがふたつにソファベッドがひとつというトリプルルームで、室内は広々としている。美晴は窓際のベッドに倒れ込み、「つかれたー」とため息を吐いた。52はソファベッドにちょこんと座る。

「馬借、だっけ。そこには明日行ってみようね」

わたしも、もうひとつのベッドに腰掛けた。すると美晴ががばっと体を起こして「体力が残ってるうちに、夕飯買いに行こうよ」と言った。

「お店はいっぱいあったし、何か買ってこようよ。とりあえずビール飲んでごろごろしたい！」

「確かに、外に食べに行く体力は残ってないな。52はどうする？　一緒に行く？」

52は首を横に振り、ころりと横になったので、ふたりで部屋を出た。ホテルの周りには飲食店が多く、テイクアウトメニューも豊富だった。ふたりであれもこれもと買い、それからビールを買いにコンビニに寄る。コンドウマートにはない地ビールを買おうかとわたしが悩んでいると、美晴がくすくすと笑った。

「何、いきなり笑い出して」

「いや、ちょっと安心した。ちゃんと生きてるから」

買いなよ、と地ビールをカゴに入れて美晴が続ける。

「貴瑚が誰かを助けようとしてるっていうのも、本当は嬉しいんだ。病院にいたときの貴瑚は、いまにも死にそうだった」

ああ、とわたしも小さく笑う。実際、死にかけていた。

「ねえ、貴瑚。どうして新名《にいな》さんを刺そうとしたの」

美晴の問いに、ビールの銘柄《めいがら》を追っていたわたしの指先が止まる。美晴の方を見ないまま、「前も説明したじゃん」と言う。

「わたしは、彼がわたしを裏切ったから刺そうとしたんだよ」

「ねえ。それ、本当の理由が違うんじゃな……」

「52にはジュース買って帰らなくちゃね」

大きな声で言って、ジュースの棚に足を向けた。ペットボトルを幾つか入れ、それからお菓子も手当たり次第に入れる。美晴はそんなわたしに、何も言わなかった。

その晩は、小さなパーティのようだった。食べきれないほどの料理とお菓子、ジュースを前に52は少しだけ嬉しそうな顔をし、美晴は「再会記念！」と言って浴びるほどビールを飲んだ。わたしも久しぶりに普段よりもビールを飲んで、ふと気が付けばベッドに倒れ込むようにして眠っていた。

翌日、早々に起きて三人でホテルを出た。一日で解決するとも思えなかったから連泊に変えたけれど、どうなることだろう。美晴の提示した日数を無駄に減らすことだけは避けたいのに、先行きが見えなくて不安になる。

「すでに暑いんですけど。二日酔いの身には乱暴な日差しだわ」

前夜のアルコールが残っていてメイクをする気力もない、とすっぴんに日焼け止めだけを塗った美晴が空を仰ぐ。わたしもそれに倣うように、青空を見上げた。

太陽が、海辺の町よりも乱暴な気がする。焼けたアスファルトがもう湯気を立てている。美晴がスマホで地図を確認して、歩いていけそうだと言うので、そのまま向かうことにした。

52は黙ってわたしたちの後をついてくる。町並みを見ても何の反応もなく、彼の記憶にある場所を歩いているのかも分からない。

「ねえ、52。おばあちゃんの苗字《みょうじ》は『末長』でいいんだよね？」

訊けば、こっくりと頷く。

「52って、貴瑚に似てるよね」

美晴が52を振り返りながら呟く。そう？　と訊くと「期待してないんだよね」と言う。

「期待したくて、でも素直にできない、かな。何度も哀しい思いをした顔をしてる」

思わず、自分の顔に触れる。そんなわたしに、美晴が小さく笑う。

「ちほちゃん、だっけ。いるといいね」

「……そうだね」

あまりの暑さに、汗が噴き出る。途中でペットボトルのお茶を買い、日陰《ひかげ》を探しながら歩く。雑然とした飲み屋街を抜けるとどうやら52の知っている場所に出たようで、わたしたちの先を歩くようになった。広い道路に店舗《てんぽ》が立ち並ぶ大通りを、52は真っ直ぐに裏路地に入っていく。ボロボロの看板《かんばん》を掲げたラブホテルの隣の細い道を抜け、ベンチしかない小さな公園を通り、ようやく辿り着いた先は古い一軒家だった。朽《く》ちかけた門扉の向こうには高く伸びた雑草が茂っている。字が掠《かす》れているけれど、木製の表札には『末長』と書かれているのが読み取れた。

「ここ？」

訊くと、52が頷いて草を踏んで玄関まで行った。チャイムを何度も押す。壊れているのか全然音が鳴らなくて、仕方がないので52の隣に立ったわたしが戸を叩いた。

「すみません。すみませーん」

ひとの気配はない。近くの窓を見れば色あせたカーテンがかかっていて、中の様子は分からない。

「すみませーん」

何度も声をかけていると、美晴が「誰も住んでないっぽいよ」と言う。

「草を踏んだ痕もないし、多分いないと思う」

汗を拭き、家を見上げる。どうしたものかと思っていると、「いっちゃん、かい？」と声がした。

振り返れば、腰の曲がったおばあさんが「いっちゃんだろ」と近づいてくる。

「えらい大きゅうなったねえ。どうしてここにおるんな」

「ごじゅう……この子のお知り合いですか」

美晴が訊くと、おばあさんは顔を顰めて胡散《うさん》臭そうにわたしたちを見た。

「あんたら、誰ね」

「私たち、事情があってこの子の親戚《しんせき》を探してるんです。それで」

「ああ、そうか。あの女、どうせこの子を捨てたんやろう！」

おばあさんは吐き捨てるように言い、わたしはその声の鋭《するど》さに驚く。おばあさんは52の手を取り「むげないことする女やねえ。やけん、あたしゃ警察に突き出せち言うたがね」と怒鳴る勢いで言った。それから52の体を見回して優しく訊く。

「いっちゃん、あんた喋られるようになったかね？　千穂《ちほ》ちゃんはそりゃ心配しとったけんが、あんたが見つからんち言うていっつも泣きよったとよ」

「あ、あの。すみません、事情を教えてください」

慌てておばあさんに駆け寄って言う。

「わたし、母親に代わってこの子の面倒を見ている者です。でも、全然事情が分からなくて、そうしたらこの子がここを教えてくれて」

おばあさんが52を見る。52が肯定《こうてい》するように頷くと、全身で深いため息を吐いた。それからわたしに「うちにおいでな」と言った。

「すぐそこじゃけ。いっちゃんも、おいで。いっちゃんの好きやった、あたしの手作り梅《うめ》ジュースを飲ましてやろ」

わたしは美晴と目を見合わせ、頷いた。もしかしたら、事が上手く進むかもしれない。52を、愛してくれるひとたちの元へ連れて行けるかもしれない。

しかし、それが甘い考えだと分かるのは早かった。

「亡くなった、んですか……」

「居眠り運転の車に撥《は》ねられて、即死やったとよ」

52の叔母《おば》である千穂さんは、昨年交通事故で亡くなっていた。その前年に母親の真紀《まき》子《こ》さんを病気で亡くし、ひとりであの家に暮らしていたという。

「いっちゃんの父親——千穂ちゃんの兄さんの武彦《たけひこ》ちいうのがどうしょうもない男でな。女子高生を妊娠させたき結婚するち言うて家に連れ帰ったはいいけどが、働きもせんと女遊びばっかしよったとよ。お父さんが生きとったら諌《いさ》めてもくれたやろうけど、はよに死んでておらんでな。ほんで、いっちゃんが二歳のころにとうとう武彦は帰ってこんくなった。どうも中洲《なかす》の女に入れ込んで同棲《どうせい》しちょるち噂を聞いて真紀子さんと嫁《よめ》がふたりして迎えに行ったけんが、手酷く追い返されたとって。殴る蹴《け》るされて顔を腫《は》らして帰って来たよ」

おばあさん——藤江《ふじえ》さんは苦々しい顔つきでわたしたちに話してくれた。琴美は遊び歩く夫の帰りを待ち、末長家で息子を育てていた。当初は義母の真紀子や義妹の千穂とも仲が良く、スーパーのレジ打ちのパートをして家計を支えていたという。

琴美も、最初は頑張っていたのだな、と思う。夫や子どもの為に必死だった時期は、なかったわけではないのだ。しかしそんな琴美も、夫に裏切られ酷い暴力を受けたあとは、がらりとひとが変わってしまった。

「パートを辞めたかと思えば、水商売にいったんよ。可愛らしい顔しとったけん、そこでちやほやされたんじゃろ。とうとう、あの女も滅多に家に帰ってこんようになってな。たまーに男の運転する車で戻ってきては、偉そうに金を置いてくのよ。養育費だ、ちゅうて。真紀子さんと千穂ちゃんは子どもに罪はないいて一所懸命いっちゃんを育ててねえ、あたしもよう面倒見たもんよ」

藤江さんは、末長家の近くの木造アパートに住んでいた。夫に先立たれたのか、狭い部屋の隅には小さな仏壇《ぶつだん》がある。52はその仏壇の横に座り、梅ジュースの入ったグラスを弄《もてあそ》んでいた。そんな52の様子を見て、藤江さんは目を細めた。

「この子は口が遅くて、なかなか喋らんかった。真紀子さんは心配して、いろんな病院に連れていったもんよ。三歳を過ぎてようやっと『ばあば』ち言うてね。みんなでそりゃ喜んでねえ。でもあの女が腹立ててなあ。どうして『ママ』とは言わんか、って。そんなん、家におらんもんを誰が呼ぶかね。でも怒ったあの女は……いっちゃんの舌に煙草の火ば押し付けた」

ひ、と美晴が小さく悲鳴をあげる。わたしは恐ろしさに何の反応もできなかった。目だけ動かして52を見れば、グラスの中の氷を口に入れて転がしていた。

「真紀子さんは、火の点《つ》いた煙草を灰皿に置いといたらいっちゃんが咥《くわ》えてしもたち病院で嘘吐いたんよ。何でそんな嘘吐くとね。警察に突き出せちあたしが言ったら、親を犯罪者にしたらいかんでしょうが、て泣いてね。でもねえ、それからいっちゃんは全く喋らんようになったと。あの女のせいよ。あの女は、いっちゃんから大事な言葉を奪ったとよ」

藤江さんは感極まったのか、皺に埋もれた目からさらさらと涙を零した。美晴がハンカチを差し出すのを断って、テーブルの上にあった箱ティッシュで涙を拭う。

「あの女もさすがにとんでもないことをしたと思ったんか、それからどこ行ったか分からんくなった。真紀子さんと千穂ちゃんはふたりでずーっといっちゃんを育てとったけど、真紀子さんは一昨年《おととし》、癌《がん》で亡くなってね。社会人として働いてた千穂ちゃんが、ひとりでもなんとか頑張るて言うてたけど、あの女がいきなりいっちゃんを連れて行ってしもた。真紀子さんがいっちゃんのために残しとった少しのお金やら児童扶養《ふよう》手当やらが欲しかったんやないかと思うんやけどね。千穂ちゃんは、あんたには子育ては無理やけん置いて行けと言ったけど、向こうは男連れで、敵《かな》わんかったって」

それから千穂さんは手を尽くして52の行方を探していたけれど、その途中で事故に遭い亡くなった。

藤江さんが簞笥から一枚の写真を取り出して、わたしたちに見せた。それは、しあわせそうな家族写真だった。品の良さそうな初老の女性と二十代前半の女性、そして大きな口を開けて笑っている今より幼い52。赤い観覧車の前で互いを抱きしめあうようにしている三人はとても仲がよさそうで、こちらも思わず微笑みそうになる。

「あ、これ」

観覧車に見覚えがあるような気がして藤江さんを見ると、「そこのチャチャタウンの観覧車やろ」と言う。商業施設のシンボルなのだそうだ。

あの時52が寂しそうに見つめていたのは、もう戻れないしあわせを思い出していたからだったのか。今の52からは想像もできない、子どもらしい無垢な笑顔を見つめる。

「写真のな、裏を見てみ」

藤江さんに言われてひっくり返すと、達者な女文字で携帯番号と末長千穂、愛という字が書かれていた。

「千穂ちゃんは、この子を見かけたら連絡くださいてそれをいろんなひとに配っとったとよ。あたしはよう分からんけど、インターネットやらでもお願いしとるて言うとった」

亡くなった千穂さんのバッグの中には、52と一緒に写ったこの写真が何枚も入っていたという。乱れのない丁寧な文字に、わたしは千穂さんを想像する。きっと、祈るように書いたに違いない。いなくなった子どもにまでちゃんと届くように。

「もっとはように戻って来てくれたらよかったんに。そしたら千穂ちゃんはどんだけ喜んだことか」

藤江さんが嗚咽を洩らして泣く。52は静かに座ってその声を聞いている。

ちほちゃんに会いたいと書いた時、あの子は体を震わせて泣いた。その千穂さんの死を、あの子は黙って受け入れようとしている。細い体に、わたしの想像もつかない哀しみを抱え込んでいるのだ。このままでは破裂して、死んでしまうのではないかと怖くなる。

「……あの、こっちの愛《あい》っていうのはもしかしてあの子の名前ですか？」

千穂の隣にある『愛』という字を差してわたしが訊くと、藤江さんは涙を拭って「いとし」と言った。

「愛と書いて、いとしと読ますのよ。皮肉《ひにく》なもんよなあ。愛なんか語れるような両親じゃなかったけん」

　バカだ、と美晴が小さく呟く。子どもを自分の所有物だと思ってる典型《てんけい》的なバカだよ。わたしはその名前すら呼ばなくなった琴美に怒りを覚えた。きっと最初は愛を込めてつけた名だっただろう。それを捨ててしまうなんて、なんて憐れなひとなのだろう。

「あの、末長家のお墓《はか》ってどこですか。せめておまいりでも」

　美晴が訊くと、藤江さんは首を横に振る。

「武彦の知り合いち言うもんが来て、勝手に全部済ませてしもたんよ。どこかの寺の合同墓に入れるとか、何とか言うとった。やけん、真紀子さんと千穂ちゃんはあたしが勝手にお弔《とむら》いしちょる。じいさんも賑やかでよかろう」

　藤江さんが仏壇を示すので、立ち上がって足を向ける。そこには湯呑《ゆの》みが三つ供《そな》えられていた。位牌《いはい》がひとつと、その横に先程見た写真が額《がく》に収まっている。わたしの隣に来た52は、それを取り上げてぼんやりと見つめた。ガラスみたいな瞳が、あるがままのものを映している。

「藤江さん。さっきの写真、譲ってもらってもいいですか？」

　わたしが訊くと、藤江さんは「もちろん」と頷いた。

　藤江さんとは、連絡先の交換をして別れた。美晴が、万が一の時は琴美の虐待の証言をして欲しいと言うと、藤江さんは当たり前だと頷いた。

「いっちゃんが火傷《やけど》させられたときに搬送した病院だって、しっかりと覚えとる。まだ頭はしゃんとしとるけん、いつでも言うて」

藤江さんは52を抱きしめて「ごめんなあ」と繰り返した。ごめんなあ、本当はあたしがいっちゃんを引き取って育ててやりたいけど、年金暮らしのばあさんじゃ無理なんよ。本当にごめんなあ。52は自身を抱きしめて泣く藤江さんの背中をそっと撫でていた。大丈夫だと言うように。

帰り道は、誰も口を開かなかった。だらだらと流れる汗も拭わず、ただホテルを目指す。わたしは、52の手をしっかりと握って歩いた。何か言いたげにわたしを見上げてくる52に短く言う。

「わたしは、52って呼ぶから」

わたしに本名を教えなかったのは、この子が自分の名前を受け入れられないからだ。そんな名前を、わたしが軽々しく呼んでいいはずがない。だから、いまはその名では呼ばない。52は少しだけ戸惑った顔をして頷いた。

「それと、いまはこの手を離さないから」

手を離してしまえば、涙ひとつ零さないこの子どもが死んでしまう気がした。

　ホテルに戻ると52はわたしに手を差し出した。何？　と訊くとイヤホンを耳に挿す動作をしたので、MP3プレーヤーを手渡す。イヤホンを耳に挿した52はソファベッドに寝ころんで、藤江さんから貰った写真をじっと眺めはじめた。

「せめて、お墓まいりくらいできたらよかったのに」

　汗だくの顔を洗面所でざぶざぶと洗った美晴が小さく言うけれど、わたしは頷けない。死を受け入れられないまま墓標の前に立って、何を語れるだろう。絶望が増すだけだ。

「ねえ、貴瑚。これから、どうする」

　美晴が声を潜めて訊き、わたしは頭を振る。千穂さんを見つけることしか考えていなかったのだ。まさか、亡くなっているなんて思いもしなかった。藤江さんの話を聞いている限り、生きているであろう父親にも期待できない。

「とりあえず、明日大分に帰ろう。その後のことは、また考える」

　どうしても気分が滅入る。ため息を吐くと、美晴が冷蔵庫に残っていた缶ビールを放ってきた。美晴が自分の分のプルタブを引いたので、わたしも開ける。プシュ、と小気味よい音が響いて泡が溢れた。

　冷えた液体が少しの刺激と共に喉を通るも、味がしない。それでもゆっくりと飲んでいると、美晴が「いいひとだったんだなあ」と呟いた。わたしが見ると、「うちの母親のことね」と付け足す。

「子どものころは、許せなかったんだよね。いきなり知らないオッサンと暮らし始めたかと思えば、しれっと妹を産んでさ。母親のくせに女の部分出してキモすぎ、とか思ったことも……いや多分直接言ったな。でもあのひと、私と喧嘩しながらもちゃんと育ててくれたんだよね。もちろん嫌なこともあったけど、私は言葉を失うほど哀しい経験はせずにすんだ」

美晴が52を見る。イヤホンの音が大きいのか、写真に見入っているのか、52はそれに気付く様子はない。

「私は恵《めぐ》まれてたんだなあって思う。母以外にもたくさんのいいひとに出会えたから、いま笑って生きていられる。だからさ、私もせめて、いいひとになりたいな。この子が大人になったときに笑って生きていられるための、いいひとになりたい」

しみじみと言う美晴を見つめ、そうだね、と相槌を打つ。そして、わたしもこの子がしあわせになるためのひとつのパーツになれたらいいと思う。

「アンさんは貴瑚にとって、そういう『いいひと』だった？」

美晴の声の質が変わり、わたしは美晴を見る。

「貴瑚は、新名さんを運命のひとだって言ってたよね。魂の番はこのひとだって。じゃあ、アンさんは？『いいひと』っていうだけの存在だった？」

「はっきり言って。何が言いたいの？」

ベッドの上で胡坐《あぐら》をかいている美晴は、缶をちろりと舐《な》め、それから意を決したようにわたしを見た。

「アンさんが亡くなってたことが分かったの。貴瑚、知ってた？」

カーテンを半分ほど引いた部屋は、少し薄暗い。互いのベッドの上に座って、わたしたちは見つめあう。わたしの答えを待つように、一ミリも目を逸らさない美晴に、彼女はこれを訊くためにわたしに会いに来たのだと悟《さと》った。それは、わたしにわたしの罪を認めさせるためだろうか。断罪《だんざい》という言葉がちらりと頭をよぎった。罪は、誰かに告白してきちんと裁《さば》かれなければならないのだろう。

「……知ってた」

そこまでは、美晴も分かっていたのだろう。瞳に、何の驚きの色もない。だから、続けた。

「発見したの、わたしだもの」

美晴が息を呑む音が聞こえた気がした。

彼は、泳いでいるように見えた。真っ赤な浴槽に揺蕩《たゆた》う顔は穏やかで、揺り動かせば目を開けそうだった。水が澄んでいたなら、きっと眠っているだけだと思っただろう。でも、彼は赤い海で死んでいた。

赤は怒りに宿る色だという。アンさんが怒りの中で死んだというのなら、それはわたしのせいに他ならない。

## 5　償えない過ち

実家を出て、生活が上手くまわるようになったと感じたのは季節がひと巡りしたころだった。美音子ちゃんとの関係にも慣れ、工場では同年代の友人が何人かできた。涙で濡れる夜が減り、笑うことが増えた。手帳は先の予定で埋まるようになり、休日ともなると取捨選択《しゅしゃせんたく》を迫られることもあった。充実という言葉を肌で感じる。

そんな中で、アンさんと美晴、わたしの三人の仲は変わらず良好だった。しかし、学習塾に勤めているふたりは夜遅くまで仕事をしていることが多く、夕方には勤務が終わるわたしとはなかなか予定が合わない。シフトの形態も違ったので、月に一度会えればいい方だった。それでも就職を機に買ったスマホにはふたりからしょっちゅうメールが届いたので、わたしはいつでもふたりを傍に感じられた。それに、わたしがどうしても寂しくて堪らなくなると、どちらかは無理やりにでも時間を作って会いに来てくれた。

あれは、夏が終わるころだった。夏期講習でアンさんがずっと忙しくしていて、そのせいでなかなか会えなくて、二ヶ月ぶりに三人で会った。

「キナコは最初のころから想像できないくらい明るくなったね」

「この子は本当はこうなの。毒舌で、クラスの男子どもをいっつも黙らせたんだよね」

「待って、それ美晴だから。思い出を捏造《ねつぞう》しないで」

場所は、最初に三人で行った激安居酒屋。値段のわりに料理が美味しいので、自然とこの店ばかり使うようになっていた。店内は賑やかすぎて話し声が聞き取りにくく、だからみんな大声で喋っているところが、わたしは好きだった。

「そういえば、美音子とルームシェアを解消するんだって？」

「そうなの。地元に帰るんだって」

工場の友人が、じゃあ次は私とルームシェアする？　と訊いてくれたけれど断った。彼女はとてもいい子だけど、束縛《そくばく》が強かったからだ。仕事中でも、食堂やトイレに一緒に行かないと機嫌を悪くした。プライベートまで常に一緒を強要されるのは嫌だったし、そんな彼女とでは美音子ちゃんとのような落ち着いた生活は望めないと思った。それならばと、ひとり暮らしをすることに決めた。

「貯金もだいぶできたし、安いアパートを探してるとこ」

「へええ。貴瑚もとうとう本格的な自立をするってわけね」

美晴がジョッキを傾けながら感慨深そうに言い、わたしは笑う。

「これまでは何だかんだで美音子ちゃんに支えられてたからね。ちゃんとひとりで暮らしていけるのか、正直不安だよ」

最初は嫌みにも感じていた缶ビールがもう転がってこないのだと思うと、寂しい。精神的に不安定にならないようにしなければいけない。

「じゃあ、アンさんと暮らせば？」

美晴がにやりと笑い、わたしは「はあ？」と間抜けな声を出す。

「そこはアンさんじゃなくて、普通は美晴じゃない？」

「私は匠《たくみ》を優先したいの」

美晴がぐふふと笑う。学習塾近くにある美容室の男の子と美晴が付き合い始めたのは、数ヶ月前のことだ。帰宅途中にカットモデルを頼まれて、仲良くなったという。匠くんというわたしたちよりひとつ年下の彼とは一度食事に行ったけれど、マルチーズみたいな雰囲気の可愛らしい子だった。そして、美晴にベタ惚《ぼ》れだった。

「いつでも匠を泊まらせたいから、貴瑚とルームシェアなんてとてもとても」

「友情より愛情かよ」

鼻で笑ってみせるも、本当は美晴のしあわせが嬉しい。そんなわたしに美晴はまた「アンさんと暮らしなさいよ」と言う。

「私と違って、アンさんは貴瑚ならすぐにでも受け入れてくれるよ。ねえ、アンさん？」

美晴がアンさんに訊くが、わたしはすぐに「バカ言わないで」と憤慨する。

「アンさんにそこまで甘えられるわけないじゃん。迷惑だよ」

アンさんは笑ってハイボールを飲んでいる、そんなことないよとも、そうだよとも言わない。

「そうかなあ」

美晴が唇を尖らせてアンさんを見る。アンさんはその視線を受けて、「さて、ねえ」とのんびりと呟く。

「キナコと暮らすと酒代が嵩《かさ》んでしょうがないだろうし、困るかもねえ」

「あ、酷い。わたしそんなにお酒飲まないもん！」

「いやいや、こんなにザルだとは思わなかったよね。最初、ビールを半分ほど飲んで顔を真っ赤にしてたころが懐かしいよ。あのころのキナコだったら、考えてあげてもいいけど」

「酷い！　あ、お姉さん。生ビール追加でお願いします！」

「このタイミングで注文するんかい！」

美晴が突っ込み、わたしはペコちゃんの顔真似《まね》をしてみせる。その顔を見て、アンさんが「可愛い可愛い」と笑う。いつもと同じ、別れる前から次に会うのを心待ちにしてしまうくらい楽しい時間だった。

食事の後、アンさんはわたしと美晴を最寄り駅まで送ってくれた。わたしと美晴の部屋はわりと近くて、並んで歩いて帰る。たくさんお酒を飲んでふわふわした気分のわたしは、美晴に工場にいるちょっと変わったおじさん工員の話をしていた。いつもだったら美晴は笑って聞いてくれるのに、表情があまり明るくない。別のことを考えているようで、どうしたの？　と訊く。美晴は真面目な顔をしてわたしを見た。

「ねえ。アンさんと貴瑚ってどうなってんの？」

「どうなってんの、って？　二ヶ月ぶりに会ったのは知ってるでしょ」

「そうじゃなくて。付き合ったりしないの？」

美晴は変わらず真面目な口調で、でもわたしはぷっと噴き出してしまった。アンさんとわたしが、付き合う？

「何言ってんの、美晴。自分がしあわせだからって、わたしたちまでくっつけようとしてるの？　でも残念。わたしとアンさんはそんなんじゃないんです」

アンさんは特別な存在だ。尊敬しているし、何かあったら真っ先に頼ってしまう。好きかと訊かれたら大好きだと答えるし、何なら愛していると言ってもいい。

でもそれは、恋愛感情ではない。そんな、簡単に移り変わるような頼りないものではないのだ。どちらかと言えば、子どもが親を思い慕う感情に近い。大袈裟かもしれないけれど、神を崇拝するような感じと言ってもいい。

「アンさんだってわたしを恋愛対象として見てないと思うよ。そもそも、あのひとはすごく優しいって言ったのは美晴でしょ？　アンさんは優しいからわたしを助け出してくれた。そして優しいから、いまもわたしが自立するのを見守ってくれているだけだよ」

美晴は納得がいかないという顔をして「本当にそうかなあ」と言う。

「私も最初はそう思ってたよ。でもさ、貴瑚のためにこれまであのひとがどれだけ動いたかって考えると、恋愛感情があるとしか思えないんだよ」

「アンさんは、アンパンマンだから」

最初に感じたパンのヒーローのイメージが崩れることは、一度としてなかった。彼は優しくて強いひとなのだ。

「それに、アンさんからわたしをそんな目で見ているような気配って感じないもん」

わたしが酔って抱きついても、酔った勢いで頰にキスをしても、アンさんは穏やかに笑う。抱きしめ返してはくるけれど、その手はやわらかなものに触れるようにどこまでも優しい。そういう思いを持っていれば、もっと違う反応を――例えば腕に力が籠もったりするものではないのだろうか。男性経験が乏しいので、想像だけれど。

「わたしたちはれっきとした男と女だし、美晴が気にするのも分かるよ。でも、あまりアンさんの前でそういうこと言わないでね。アンさんがもし気にしたら、わたしたちの関係がぎこちなくなっちゃうかもしれない」

「うん、分かった。けど……例えばさ、例えばアンさんに彼女ができたらどうする？　実はやっぱり好きだった、とかならない？」

「ならないなあ。でも、悔しくはなるかもしれない。わたしの大事なひとがわたしよりもっと大事なひとを作るわけだし」

ちらりと考えるだけで、お腹の奥が寂しくなる。でも、もしそういうことになったら全力でお祝いしようと思う。

「ふうん、そっか。貴瑚は本当に、アンさんは恋愛対象としてナシなんだ」

「もう、そういうレベルの存在じゃないんだって」

どうして分かんないかなあとわたしは頬を膨らませる。わたしにとって彼は特別すぎて、むしろそういう下世話な目で見られる方が嫌なのだ。美晴は「分かった分かった」と苦笑して、「もう言わないよ」と肩を竦めた。

「あなたたちは、そういうのじゃない。オッケー？」

「オッケーオッケー」

夏の終わりの夜は蒸し暑くて、どこからか花火の匂いがした。空を仰ぐと百日紅《さるすべり》の赤が夜目に鮮やかに映る。その向こうには小さな星が幾つか瞬《またた》いていて、明日も晴れだと言っている。

酔った勢いで美晴の手を摑み、子どものようにぶんぶん振って歩く。鼻歌を歌うと美晴が笑ったから、わたしも笑った。他愛ない夏の一日だった。

＊

新名主税《ちから》に出会ったのは、そんな夏から二年が過ぎてのことだった。主税は、わたしの勤めていた会社の専務だった。祖父が会長、父が社長というファミリー会社の跡取りで、仕事のできる有能な男だと知られていた。

従業員が二百人を超す会社で、主税は若きプリンスだった。学生時代にラグビーをやっていたというがっちりした体軀に、若いころにミスなんとかのファイナリストになったという母親似の甘い顔立ち。兄貴肌の性格で、それを体現するように気持ちのいい大きな声で笑う。年はわたしより八つ上。社内の女性の大半は、彼のことを好ましく思っていたのではないだろうか。

彼は忙しい人間で、いつも社外を飛び回っていた。だから、工場の隅でひたすらハンダ付けするわたしとの接点は全くなかった。わたしもまた名前と顔をぼんやりと知っている程度の専務にさほど興味はなくて、本来ならわたしの人生は主税のそれと一瞬たりとも交わることはなかっただろうと思う。

交わってしまったのは、文字通り事故と言えるような一件からだった。

ある日食堂で昼食をとっていたら、同じチームの若い男の子たちが急に喧嘩を始めてしまった。彼らはいつも冗談交じりの小競り合いをしているのだけれど、その日はどちらかの機嫌が悪かったのか怒鳴り合いに発展してしまったのだ。たまたま別テーブルで食事をしていた主税がその仲裁に入ったけれど、彼らの興奮は増すばかりで、とうとう主税にまで食ってかかってきた。その果てに、ひとりが「どっかいけよ、てめえ」と叫んだと同時に、パイプ椅子を主税に向かって投げつけた。悲鳴があがり、しかし主税はそれを難なくひょいと避《よ》けたのだったが、その先にわたしがいたのだった。宙を舞ったパイプ椅子は、わたしのこめかみにクリーンヒットした。

目が覚めたら病院で、美晴が泣きそうな顔をしてわたしを覗き込んでいた。

「大丈夫？　貴瑚の会社から連絡が来て、心臓が止まるかと思った」

一瞬、自分の置かれた状況が分からなかったけれど、次第に思い出す。パイプ椅子の直撃を頭に受けて、倒れ込んだのだ。幸いにもこめかみを数針縫《ぬ》った程度だったらしいが、食堂は血の海になって大変だったらしい。

「頭の傷って、めちゃくちゃ血が出るっていうもんねえ。あ、でも痛い」

転び方が悪かったのか、頭以外にも体の節々が痛む。顔を顰めると、「打ち身もあるみたいだけど、骨折はないって」と美晴が言う。

「そっか。ならまあいいや。それにしても、どうして美晴がここにいるの」

「何言ってんの。私は貴瑚の緊急連絡先でしょうが！」

そういえば、入社する時に、緊急連絡先として美晴の携帯番号を会社に提出していたのだった。すっかり忘れていた。

「あ、そっか。ごめん、迷惑かけちゃった」

「全然いいよ。あ、看護師さん呼んでくるね。目が覚めたら知らせることになってるの」

ほっとした顔で、美晴が病室を出ていく。それと入れ違いに入ってきたのが主税だった。わたしが目覚めたのを知らなかったらしい。わたしを見るとはっとした顔をして、それから「すまん！」と頭を下げてくる。

「後ろのことを全く考えていなかったんだ。本当に、申し訳ない！」

「専務のせいではないです。あのひとたちしょっちゅう喧嘩してて、きっと血の気が多いんでしょうね」

そう言うと、主税が顔をあげる。

「あのひとたちに、今回の罰として献血《けんけつ》にいくように言っといてください。世のためにもなりますし」

冗談めかして言うと、主税が笑った。顔がくしゃっと崩れるような笑顔で、思わずどきりとする。

「よし、会社に献血カー呼ぶか」

「いいですね、それ」

「あいつらには一リットルずつのノルマをつけてやる」

気さくなひとだとは聞いていたけれど、本当に話しやすい。ふたりで笑っていると、美晴と看護師さんがそろってやって来た。追って医師が来て、わたしの状態を説明してくれるという。

「貴瑚。私は外にいるね。アンさんに連絡しないと、心配してたから」

「ごめんね、ありがとう」

美晴が主税に会釈をして部屋を出ていく。それを見送った主税が「お姉さん？」と訊くので「友人です」と答えた。

「事情があって、頼れる実家がないんです。なので」

「ふうん、そうか」

それから医師が現れて、四十八時間は安静にすることと、数日後に抜糸をする旨《むね》を説明してくれた。入院せず帰っていいと言われたのでほっとする。

「じゃあ、今週いっぱいは休むといい。就業中の怪我だから何の心配もするな。それと、すまんが俺は先約があってもう行かなくちゃならないんだ。また連絡する」

主税はそう言って、慌ただしく帰っていった。わたしは美晴に付き添われて自分の部屋に戻り、その晩にはアンさんが駆けつけてくれた。頭に包帯を巻いたわたしを見て、アンさんは顔色を失う。

「だ、大丈夫なの、本当に」

「処置が大袈裟なだけ。それに、美晴が念のため泊まってくれるって言うんで大丈夫」

にっと笑って親指を立てると、アンさんはへなへなと座り込んだ。

「心配したよ。女の子に椅子を投げるなんて、とんでもないことをする奴がいるなあ」

「たまたま椅子が飛んだ先にいただけだよ。それにしても、傷が塞がるまでビールが飲めないのが辛い。お医者さんに止められちゃった」

肩を竦めてみせると、アンさんは「治ったらいくらでも飲ませてあげるよ」とようやく顔つきをやわらかくした。それからわたしの部屋を見回して、目を細める。

「キナコの部屋に入るのは初めてだなあ」

「男のひとが来たのも初めてだよ。これからもアンさんだけじゃないかなあ」

何気なく言うと、アンさんが「そっか」と小さく笑った。

休み明けに出社すると、主税が喧嘩をしていたふたりを従えて通用門に立っていた。

「一風変わったお出迎えですか？」

訊くと、主税よりも先にふたりが「ごめんなさい」と頭を下げる。

「俺ら、もうクビかと思ってたんだ。でも専務が、三島ちゃんがそこまでしなくていいって止めてくれたって」

「止めたというほどではないけど」

休み中に一度主税から電話がかかってきて、ふたりの処分について訊かれた。

『同じチームだと、怖いだろう？　彼らの部署を製造から出荷に変えてもいいし、知り合いの工場に出向という形で出て行ってもらってもいいと俺は考えているが』

『いまのまんまでいいです』

あのひとたちはわたしにパチンコの景品だといってよく小さなお菓子をくれたのでそ

の恩がある、と言うと主税は電話の向こうで大きな声で笑った。耳が少しキンとしたけれど、嫌じゃなかった。

「わたしに恩を感じてるんなら、またこれからもお菓子ちょうだいよね」

「今度、ゴディバを渡すよ」

「あはは、いらない。高いチョコなんて食べたらお腹こわしそう」

　笑って話すわたしたちを、主税は微笑ましそうに見ていた。そして後日、わたしにゴディバの大きな箱を渡してきたのは、彼らではなく主税だった。

「何ですか、これ」

「いや、どんな風に喜ぶのか見てみたくて？」

　高級そうな箱を前に思案するわたしを、主税は面白そうに眺める。

「無邪気に喜ぶ顔が見たくて買ったんだ。笑ってみせてよ」

　わたしのこめかみの傷は四センチほどのミミズ腫れになっていて、もしかしたら傷痕が残るかもしれないと医師に言われた。髪で隠しているけれどちらちらと見えるらしくて、事情を知る同僚からは「女の子なのに可哀相」と言われていた。このひとはそのことに対して罪悪感を持っているのかもしれない。このひとのせいではないのに。しかし何てスマートなお詫びの仕方だろうと少し感激しつつ、微笑んだ。

「お腹をこわしても、全部食べます。ありがとうございます」

主税は「よし」と頷いた。

「良い笑顔だ。なくなったら、言え。またやる」

「そんなにいただいたら舌が肥《こ》えてしまうので、次はもっと安いチョコがいいです」

「何だ、つまらん」

主税は楽しそうに言い、わたしはチョコを受け取ったことで今回のことは全て解決したと思っていた。しかし、主税はわたしのどこを気に入ったのか、これ以降頻繁《ひんぱん》に工場内に現れてはわたしに声をかけてくるようになった。そして、みんなのいる前で恥じらいもなく食事に誘ってきた時には、そこにいたひとが皆驚いた。優しいひとは「まるでハーレクイーンの世界みたいで素敵《すてき》じゃない」と言い、口の悪いひとは「彼に欠点はないと思ってたのに、女を見る目のなさは大きな減点じゃん」と鼻で笑った。

わたしは未《いま》だに、男性経験が皆無だった。高校時代にクラスメイトから告白されたことが一度あっただけで、それも母親の手作り弁当に嫌いなおかずが入っているというだけで機嫌を悪くする男だったので丁重にお断りした。それからはそういった経験は一切なくて、だから主税に誘われてもどう返答していいか分からなかった。

「いいじゃん。専務ってイケメンだし、羨ましい」

「あたしは、事務所の女たちが悔しそうにしてる顔を見るのが最高。あいつら、あたしたちのこと見下してる感あったじゃん？」

「それな。貴瑚にはここはぜひとも、専務に応えてもらいたいよね」

工場内の友人たちは、わたしをそっちのけで盛り上がった。パステルピンクに色づいているような空気は、無邪気な高校生だったころを思わせて、楽しかった。

「じゃあ、わたし、専務と食事に行ってみようかな」

そう言ったのは、わたしもピンク色に染まってみたかったからで、主税が本気でわたしを見初《みそ》めたとは思ってもいなかった。きっと、毛色の変わった女に興味を持っただけに違いない。それに、主税の誘い文句は『お前は細すぎる。ちゃんと食ってんのか？』で、そのあとに『俺の行きつけの焼肉屋に行こう。モツがとにかく旨い』と続けたから、憐れんだだけという可能性も捨てきれなかった。

しかし主税は、一度食事に行ったのをきっかけに、わたしをいろんなところに連れて行った。寿司に鉄板焼き、営業の途中に必ず寄るうどん屋に、雑誌に取り上げられたイタリアンレストラン。わたしにただ食べさせ「旨いか」と訊き、頷けば「だろう」と目《め》尻《じり》に皺を寄せて笑う。

そんなことを繰り返していたある日、初めて大口の仕事が取れた日に使ったという料亭に連れて行かれた。うつくしい女将《おかみ》が出迎えてくれ、日本庭園を眺める離れに通された時は、思わず自分の服装を確認した。こんな恰好で、失礼にならないのだろうか。飲みなれない食前酒にドキドキし、わたしなんかがこんなところにいていいのだろうかと居たたまれなくなる。綺麗に盛られた料理を前に、緊張が高まりすぎて固まってしまったわたしを見て主税は愉快そうに笑った。

「ただのメシだぞ。でも、旨い。ほら、口開けろ」

上座にいた彼が身を乗り出し、木匙で掬ってわたしの口に入れたのは空豆の擂《す》り流しだった。空豆の滋養《じよう》ある甘さと温かさ、口に入れた瞬間に溶《と》ける繊細《せんさい》さに驚くわたしに、主税は「そんなに旨いか」と愉快そうに言う。

「わたし、こんなの初めて食べました。すごく美味しいです」

「貴瑚は何も知らないもんな。でもそれでいいんだ。お前には、俺がいろんなことを教えてやれる」

楽しみにしとけ、と主税は哄笑《こうしょう》する。その力強さに全身が震えた。このひとならわたしがこれまで知らなかった世界を教えてくれると確信した。トイレから飛び出したわたしの世界はまだ狭くて、でもきっとこのひとはわたしの世界をぐいぐいと広げてくれる。

その晩、わたしは彼が求めるままに唇を重ね、体を任せた。ベッドの中の彼はわたしをとても優しく抱き、一生分じゃないかと思うほど、「好きだ」と繰り返した。病院のベッドで目覚めた貴瑚を見た時、欲しいって思った。ただ、欲しいって。これからはずっと、俺のもんだ。

まるで、おもちゃを欲しがる子どもの言葉だ。しかしわたしには、何よりも体を火照らせる呪文の言葉だった。主税にそう思われることが誇《ほこ》らしくさえあった。場所は、どこにでもあるビジネスホテルで、味気ない天井が広がっていた。でも、わたしには限りなくうつくしい夜空が見えていた。いま、わたしはわたしの為の世界に抱かれている。広がり続ける世界の中心にいるのだ。あまりの幸福感に頭がくらくらし、もう死んでもいいと思った。

主税との付き合いは、新しい発見に満ちていた。知らない土地、知らない味、知らない雰囲気。そのひとつひとつが新鮮《しんせん》で、その中にいる自分に緊張し、酔っていた。主税もまた、そんなわたしを可愛いと言って否定しなかった。

「お前がよく口にする親友たちに会わせてくれないか。会社の外で貴瑚がどんな顔をしているのか、見てみたいんだ」

付き合いだして半年が過ぎたころ、主税にそう言われたわたしは少し考えた。会社の外の友人と言えば美晴とアンさん、匠くんしかいない。

思えば美晴も、匠くんと付き合い始めたときは真っ先にわたしたちに紹介してくれた。匠くんはわたしたち三人の関係の在り方を自分の目で見て納得してくれて、その中に加わることができて嬉しい、とニコニコ眺めていたっけ。

わたしもそろそろ、主税に三人を紹介するときが来たのか。いや、特にアンさんはわたしにとってとても特別なひとだから、むしろ遅すぎたのかもしれない。「会ってくれるの？」と訊けば主税は「もちろん」と笑った。

主税のセッティングした店は、主税の友人がシェフをやっているスペインバルだった。個室で、主税のお気に入りのワインと肉料理を楽しんだ。五人の食事会は当初は平和に進んだ、ように見えた。

「しかし、驚いた。貴瑚が何度となくアンさんアンさんと言うので、てっきり女性だと思っていたんですよ。まさか男性だったとはねえ」

酔いが回った主税が、アンさんに絡み始めたのだ。離れた席にいたのにわざと隣に座り、何度も「男性だったとは」と繰り返してはアンさんの背中を強く叩いた。わたしはアンさんの性別についてわざわざ言ったことはなくて、ただ『特別なひと』と伝えていたのがよくなかったらしい。笑顔を作る主税の顔には、苛立ちが見え隠れしていた。

「貴瑚とアンさんは男女を超えた関係なんですよ。昔は私もくっつけようとしたんですけど、もう全然。お互い、そんな感情にはならないみたい」

雰囲気を察した美晴が「ね、アンさん」と笑いかける。アンさんは主税のしつこさに辟易《へきえき》したのかいつもの穏やかさはなく「どうだろうね」と面倒臭そうに言った。

「そういう風にわざわざ考えたことがなかっただけだよ」

「……はあ。それは、考えてみればそんな可能性もあった、ってことですか」

「さあ、どうでしょうね」

普段の主税はひとに絡んだりしない。だから、余程アンさんのことが気に障《さわ》ったのだろう。わたしは、自分の馬鹿さ加減におろおろしていた。主税はわたしが工場の男性と話していても気にするそぶりはなかったし、従業員同士の飲み会に参加しても嫌な顔をしなかった。だから、男性と親しくすることに嫌悪感を示すとは思わなかったのだ。それに、アンさんは美晴の言う通りわたしにとって性別を超えたひとだから、アンさんの性別が問題になるなんて想像だにしなかった。後から考えれば、そんなに自分の都合のいいように事が進むわけはないと分かる。何て愚かなことを、と自分に呆れるけれど、このときのわたしは大切なアンさんと大好きな主税が仲良くなるなんて、なんて素晴らしいことだろうと感激すらしていた。本当に、愚かだった。

赤ワインを呷《あお》った主税がアンさんに言う。

「そう言えば、『魂の番』って言葉を貴瑚に教えたのは岡田さんらしいですね。魂の番に会えるまで守るとも仰《おっしゃ》ったとか。いい話だ」

萎縮してしまっていたわたしははっとする。いつだったか睦言《むつごと》でそう語ったことを思い出した。その時の主税は『番ってのはまさしく俺のことだな』と笑っていたけれど、いまはそれを持ちだすような雰囲気ではない。

「俺ですよ。貴瑚の魂の番は」

宣言するように言う主税に、アンさんは何の反応も示さない。ビールをまずそうに舐め、「なるほど」とだけ呟いた。

「そうかもしれませんね。でも、そうでないかもしれない」

わたしは、不機嫌《ふきげん》なアンさんにも泣きそうになる。アンさんには祝福して欲しかったのだ。おめでとう、キナコ。そう言って笑って欲しかっただけだ。なのに、わたしの思慮が浅かったばかりに、大事なふたりを怒らせてしまった。

美晴と匠くんが、話題を逸らそうと必死に笑顔を作る。それに対しても、申し訳なくなる。わたしは社会に溶け込めたと安心しきっていたけれど、まだまだだったのだ。ひとを思いやることだとか、状況を判断する能力に欠けている。居たたまれなさと恥ずかしさに泣きそうなまま、会はお開きになった。

「あまり、あの男と会わないでほしい」

主税のいいところは、はっきりと物を言うところだ。欲しい、好きだと何のためらいもなく言う代わりに、不満も口にする。会のあと、わたしの部屋でわたしをいつもより乱暴に抱いた主税は、アンさんという存在が不快《ふかい》だときっぱりと言った。

「男性だってことを、最初に言えばよかったよね……」

彼の腕の中で、絶望に似た感情を覚える。これまでのようにアンさんに会えなくなるなんて、なんという間違いを犯してしまったのだろう。

「別に、男だからってだけじゃない」

天井を眺めながら、主税は言う。何か、気持ち悪いんだよ。多分あいつは、お前のことが好きなんだ。確信めいた口調に、わたしは驚きながら否定する。

「それはないって。会で彼の態度が攻撃的だったのは、主税さんが自分に怒っていることに対しての仕返しのようなものだと思うの」

「何言ってんだ。あいつは店に入ってきた時から、俺をずっと睨んでたんだぞ」

思わず「え？」と声が出る。アンさんがそんなことをするわけがない。

「俺を観察するようにじっと見てきてた。これでも営業だぞ、相手が自分に対してどんな感情を持っているかくらい分かる。あれは、俺を憎んでいる顔だった」

思い出すように呟く主税の声に、ぞっとする。そんなの、わたしの知っているアンさんとは違う。しかし、主税がそんな趣味の悪い嘘を吐くとも思えなかった。

「とにかく、あまり会うな。どうしても会わざるを得ない場合は、まず俺に連絡をすること。それと、美晴さんたちと一緒じゃないと許さない」

「……分かった」

渋々《しぶしぶ》頷くと、主税がわたしを抱きしめた。逞しい腕の中で、主税の匂いと温もりに包まれる。

「悪かった。今日、いい会にしてやれなかったな」

「そんなこと、ないよ。忙しいのに時間を取ってくれてありがとう」

主税に抱かれるだけで、わたしの心は蕩《とろ》けてしまう。そして、何でも上手くいくような万能感を覚えてしまう。アンさんのことは気になるけれど、今日は体調が悪かったとか、何かどうしようもない理由があったに違いない。それならばきっと後日、連絡があるだろうし、主税との関係も修復が可能だろう。大丈夫、今日はたまたまだっただけだ。

主税の体に腕を回し、強く抱きしめ返した。しかしそのわたしの腕を、主税はやんわりと解《ほど》いた。

「さて、そろそろ帰るかな」

主税は、わたしの部屋には泊まらない。どんなに遅くなっても、自宅に帰る。同居している母親の体調が良くなくて、心配なのだという。

身支度を手早く整えた主税はタクシーを呼び、わたしには、ベッドでそのまま眠るといい、と頭を撫でる。もはやお決まりになった流れだ。

「おやすみ、貴瑚」

本当は朝まで一緒にいたいけれど、我《わ》が儘《まま》は言えない。「おやすみなさい」と笑顔を作ってみせる。そんなわたしの気持ちに気付いたのか、偶然なのか、主税は帰ろうとしていたのを振り返って「そろそろ引っ越さないか」と言った。

「セキュリティがしっかりしていて、そしてもっとでかいベッドが置ける部屋だな。ふたりでゆっくり眠れるくらいのがいい。もちろん、引っ越しの費用は俺がもつ」

それはまさか、婉曲なプロポーズだろうか。ぱっと顔を輝かせたわたしに、主税は「お前を、俺の手の届くところに住まわせたいんだ」と続けた。

「ここじゃあ通うのに不便なんだ。周辺の治安が悪いし、居心地も良くない。長く滞在したくないんだよな」

プロポーズとは違うようだ。がっかりし、そしてその言い方が少し気に障ったわたしは「まるでわたし、ペットみたい」と頬を膨らませてみせた。この部屋が、主税を出迎えるためだけにあるようではないか。

「ペットじゃないよ、大事な俺の女だ」

主税は笑って、「そろそろタクシーが来るころだから帰るよ。鍵はかけておく」と出ていった。ドアが閉じられ、鍵のかけられる音を聞く。

窓から外を見下ろせば、タクシーに乗り込む主税の姿を確認することができる。のそのそとベッドから這い出て、カーテンの隙間からこっそりと見送る。前に、半裸《はんら》で見送っていたことが見つかって、警戒心《けいかいしん》がなさすぎると叱られたのだ。主税はわたしが見ていることにも気付かず、でもわたしの部屋の窓を一度だけ振り返ってから、タクシーに乗り込み、去っていった。

「じゃ、わたしも寝ようかな」

ベッドに戻ろうとして、動きを止める。アンさんがいた気がした。

「え、嘘」

カーテンを大きく引こうとして、半裸だったことを思い出して留《とど》まる。カーテンの隙間からそろそろと見てみると、アンさんの姿などどこにもなかった。

「見間違いだよね、そりゃ」

気にしすぎていたから、幻を見てしまったのだ。ため息を吐いて、ベッドに潜り込んだ。


それ以後、アンさんはわたしを明らかに避けるようになった。メールの返信もないし、電話にも出ない。美晴と飲みに行こうよとメールしても、やはり返事もくれなかった。美晴が職場で声をかけると、「忙しいから」とぶっきらぼうに返されたという。関係修復はすぐできると思っていたけれど、それは甘い考えだったようだ。

「失って初めて自分の恋心に気付いたのは、アンさんだったたってことよ」

いつもの激安居酒屋で、美晴はきっぱりと言った。結局、美晴と匠くんと三人で飲みに出かけたのだった。ジョッキの半分を一気飲みした美晴が続ける。

「貴瑚の隣にいる新名さんを見て嫉妬《しっと》したのよ、きっと」

「そうかなあ」

首を傾げたのは、匠くんだ。

「オレ、アンさんは貴瑚ちゃんを最初からひとりの女として見ていたと思うけどな」

「えー、なんで？」

美晴が訊くと、匠くんは「わざと一線引いてるっていうか」と言葉を探し、それから言いにくそうに、「待ってる感じ?」と足した。

「待ってるって何それ。意味分かんないんだけど」

「だから、アンさんは貴瑚ちゃんから告白してくるのを待ってたんじゃないかな、って」

枝豆を口に放り込んでいたわたしは、その言葉に驚く。そんなこと、あるわけがない。しかし匠くんは「前からそう思ってたんだよ。このひと、頑固に待ちのスタイル貫いてんなーって」と確信めいた口調で言う。

匠くんは恋愛において自称攻めのスタイルで、だから年上の美晴を口説き落とすのに猛プッシュをかけたのだという。以前にもそんな話をして、へえ、と感心するわたしに、『女の子は綺麗なお城なんだよね。で、オレは真正面から挑んでいく戦国武将なわけ』と胸を張っていた。その彼が、「アンさんは武将じゃないんだよなあ」と言う。

「どちらかというと、攻略されたがってるお城なんだよ。武将が攻め入って来るのを待ってんの」

「ははあ。そういうことならちょっと分かるかも」

美晴がジョッキを傾けながら唸る。

「アンさんとの付き合いは長いけど、合コンとかお見合いの類いを避けてたんだよね。

そういう出会いは求めてないんだって言ってた。運命って、そんなところに拾いにいくものではないいんだって」

「ロマンチストな男って意外と多いからね」

匠くんが頷いて、「オレも、美晴ちゃんに一目惚れして、まじ運命感じたもんね」としみじみ惚気《のろけ》た。それからわたしに顔を向ける。

「最初に街中で貴瑚ちゃんを見つけたのはアンさんらしいじゃん？　多分さ、アンさんは貴瑚ちゃんに一目惚れして、運命を感じてたんだよ」

美晴と顔を見合わせる。あのとき彼は、訝《いぶか》しがるわたしたちに『邪な気持ちで動いてる』と冗談めかしてみせたけれど、あれは真実だったというのだろうか。まさか。

動揺するわたしたちに、匠くんは自身の見解を語り続ける。

「でもアンさんは自分からは言い出せなくて、だから貴瑚ちゃんが自分に告白してくれる日を待ってたってわけ。多分これ、ビンゴだよ」

自信ありげな匠くんの目から逃れるように、手元に視線を落とした。枝豆のさやを弄びながら、考える。運命、という言葉を使うのであれば、わたしはアンさんと確かに運命の出会いを果たしたと思う。あの出会いなくして、いまのわたしはない。でもわたしがアンさんに抱く感情は、男女のそれではない。わたしを第二の人生に導いてくれたアンさんを、わたしは心から慕っているけれど、そこに性は全く必要ないのだ。しかしアンさんは、わたしのその感情が転化するのを待っていたというのだろうか。

考え込んでいると、「貴瑚は悪くないよ」と美晴が言う。

「ふたりを見てきた私から言わせると、そういうことならアンさんが悪い。貴瑚をあの家から連れ出してから落ち着くまで、言い方は悪いけどアンさんはいくらでも貴瑚につけ込めたんだ。あの当時の貴瑚は弱り切っていて、温もりみたいなもんを全身で欲しがってた。アンさんが貴瑚に好きだと言っていれば、貴瑚はそれを喜んで受け取ったと思う」

それは、わたしもそう思う。アンさんが恋人という形で傍にいるとあのとき言ってくれていたら、どれだけ嬉しかっただろう。

「でも、アンさんはそうしなかった。自分からではなくどうしても貴瑚から告白させたかったというのなら、それはさすがに受け身すぎるよ」

わたしはさやを皿に放り、汗をかいたジョッキを摑んで口に運ぶ。炭酸の刺激が弱くなった気がした。

「アンさんとは、これで終わりなのかなあ」

いまのわたしは、主税を愛している。彼の傍にずっといたいと願っている。でも、主税の傍にいることを選べば、アンさんはもうわたしに会ってくれないのではないかと思う。

「それはもう、仕方ないと思うよ」

美晴が残念そうに言う。貴瑚だって彼氏くらい作るよ。これまで傍観《ぼうかん》を決め込んでいたくせに彼氏を作るのは許せないって、それはアンさんが悪い。でも、アンさんならきっと後で連絡をくれるんじゃないかな。あのときはごめんね、って。

匠くんも、美晴の言葉に頷く。

「そうそう、大丈夫。ふたりの仲は、そんなチープな感じじゃないっしょ」

ふたりの優しさが嬉しい。いまはアンさんと距離を置くことになっても、いつかまた以前のように笑い合えるといいなと思う。あの時はキナコがデレデレしてたからムカついたんだよね、と笑って言ってくれたら、わたしも笑って、悋気てごめんと謝れるだろう。

その晩、アンさんから電話がかかってきた。酔いが回ってベッドの上でうつらうつらしていたわたしは、夢かなと思いながら電話に出る。

『キナコ、元気にしてる?』

優しい声が耳に流れ込んできて、それがあまりにも優しくて、涙が溢れる。手の甲で涙を拭いながら、とても寂しかったのだと気付いた。

「アンさん、アンさん。あのね、あの」

話したいことが山ほどあって、言葉にならない。嗚咽を堪えて言葉を探すわたしに、アンさんは『あの新名という男は、キナコを泣かせるかもしれない』と静かに言った。

『キナコはたくさん泣くかもしれない。それはキナコのしあわせなのかな』

「言ってることが、分かんない。主税さんは、いいひとなんだよ。本当に、いいひとなの」

酔うとバカみたいに同じことを言ってしまうわたしは、アンさんに主税がいいひとなのだと繰り返した。そうしながら、匠くんの言葉を思い出す。アンさんはわたしのことが好きで、こんなことを言ってくれているのは分かる。でも、わたしがアンさんに向ける『好き』とアンさんのくれる『好き』が同じではないというのは、やはり分からない。

『いいひとだというキナコの気持ちは分かったよ。じゃあ、キナコは彼のどんなところが好き？』

穏やかに訊かれて、少し考える。アンさんの真意が全く分からない。もっと話したいことがあるのに、どうしてだか何も言葉が出てこない。お酒なんて飲むんじゃなかった。

『どんなところが好きかな』

「え……と。わたしを広い世界へ導いてくれる力強さ、かな」

アンさんがわたしを新しい世界へ引き込んでくれた。それを力任せに押し広げ、ここはわたしの想像以上に広くて素晴らしいのだと教え導いてくれたのが主税だと思う。そういうことをもたもたと話すわたしに、アンさんは『そっか』と小さく笑った。やっと笑い声がきけたことに、わたしはほっとする。でも、アンさんがどうしてわたしにこんな話をさせるのかは、やっぱり分からない。

「ねえ、アンさん。あのね……あの、わたしのこと、好き？」

男と女として、とはさすがに言えない。アンさんは少しだけ沈黙して、『大事だよ』と言った。

『キナコのしあわせをずっと祈るくらいにはね』

祈るということは、アンさん自らがしあわせにするということではない、という風にわたしは受け取った。だから、アンさんがわたしと主税がうまくいくように心配しているだけなのだと思った。最初に主税を睨んだというのも、わたしと距離を置いたのも、きっと主税に対して不信感のようなものがあったからだろう。自意識過剰《かじょう》かもしれないけれど、わたしを任すに足る人物なのかどうか値踏みしていたのではないかとも思った。心の中で、匠くんに「やっぱ違うじゃーん」と突っ込みを入れる。今度、匠くんのせいで勘違い発言をしてしまったと文句を言おう。

「でへへ、わたしもアンさんが好きだよ。だからね、あの、また前みたいに飲みに行ったりしようよ。美晴と匠くんと四人でさ」

うまくいけば、主税とも。そう言いかけてさすがにいまは止めておこうと口を噤む。

『そういう日がくると、いいね』

じゃあね、と言ってアンさんは一方的に通話を終えた。

「変なの」

電話を掛け直そうとして、でも深夜だということに気付いてやめる。きっとまたアンさんから連絡がくるだろう。携帯電話を抱えたまま、眠りに落ちた。

でも、アンさんはそれから連絡をくれることはなかった。わたしが電話をかけても、また出てくれないことが続く。どうしたのだろうと不安になり始めたころ、アンさんは突然、美晴にも黙って学習塾を辞めたのだった。

その連絡が来たとき、わたしは友人たちと昼食をとっていた。陽光の差し込む食堂は明るく、賑やかだった。遠く離れた役員用の席では、主税が客人と一緒にいるのが見える。身振りを交えて話す客人に、主税が気持ちの良い笑顔で相槌を打っていた。

「辞めたって、どういうこと」

『どっかから引き抜かれたんじゃないかってみんなで言ってるんだけど、本当のところは誰も分からないんだ。みんな寝耳に水状態。塾長あたりはもちろん知ってるだろうけど、個人情報にうるさいご時世だしね。聞き出せそうにはない』

電話越しに、美晴が腹を立てているのが分かる。苛々した口調で美晴は続ける。アンさんは塾内でも私を避けててさ、貴瑚のことがあるからだろうなと思ってたんだ。私はどうしても貴瑚寄りの意見だから、アンさんが何か言ってきたら討論する気満々だったからね。でもまさか、塾を辞めるなんて思わなかった。

呆然とするわたしと、何気なく視線を流した主税の目が合った。誰にも悟られない一瞬だけ、微笑みかけてくれる。いつもは何よりも嬉しくなる仕草なのに、いまは少しだけ霞んで見える。

『同僚のひとりが、あとでアンさんのマンションを訪ねてみるって言ってる。まさか、部屋を引き払ってはいないと思うけど……』

何となく、アンさんはもうそこにはいないような気がした。ではどこに行ったのだろう。実家？　ああ、でもわたしはアンさんについてよく知らない。思えば彼は、自分の家族や過去の思い出話を一切しないひとだった。それは、わたしが家族に恵まれなかったから遠慮しているのかもしれないと思っていたけれど、どうして訊いておかなかったのだろう。これじゃあ彼を探しにも行けない。

『何か分かったらまた連絡するね。万が一貴瑚の方に連絡があったら教えて。こっちでもみんな、心配してるんだ』

美晴との通話を終えて、すぐにアンさんに電話をかけてみる。電源が入っていないというアナウンスが流れるだけだった。

「貴瑚。どしたのー？」

友人たちが顔色を失ったわたしを覗き込んでくる。その中にはあの喧嘩っ早いふたり組もいて、心配そうにしていた。

「具合悪いの？　午後、早退する？」

「無理すんなよ、三島ちゃん」

わたしを心配するみんなに囲まれて、思う。わたしはどうやって、ここに来たんだろう。実家のトイレから出て、どうやってここまで来たんだろう。誰が、連れて来てくれたんだろう。

泣き出しそうになって、堪える。アンさん、どうして何も言わずにわたしの元を去ろうとするの。

翌日の夜、美晴から電話があってアンさんのマンションが引き払われていたと教えられた。心のどこかでやっぱりと思うわたしに、美晴が言いづらそうに続ける。

『それでね、マンションまで訪ねた同僚が、大家にいろいろ訊いたらしいんだ。そしたらアンさんが退去を申し出た時期だけ教えてもらえたんだって。それがね……新名さんとの食事会以降のことだった』

「わたしが、原因だね」

間違いない。彼の急激な変化は、わたしのせいだ。呆然としていると、美晴が『ちょっと酷いよね』と語気を強める。

『そんなに思いつめるほど貴瑚が大事だったんなら、ちゃんと言えよってムカついてきた。貴瑚、罪悪感を抱かなくっていいよ。さすがに呆れる』

気にするなと繰り返して、美晴は電話を切った。携帯電話のアドレス帳を表示すると、一番上に『アンさん』がある。それを眺めていると、背後からすっと手が伸びてわたしの手から携帯電話を奪った。振り返るとそれはわたしの部屋に遊びに来ていた主税で、彼は手際よくアンさんの名前を消去した。無機質な作業完了音が響いて、主税はわたしを見た。

「もう、忘れろ」

「でも……」

「貴瑚の過去は、前に全部聞かせてもらったよな。あいつが貴瑚にとって大切な恩人だったのはよく分かってる。でもな、あいつと出会わなければ俺がお前に出会っていた。そして、俺がお前を助け出していた。それだけだ」

言い切って、主税はわたしを抱き寄せる。何者からも、どんなことからも守ってくれそうな逞しい腕が、わたしを包む。

「出会う順番が違っていただけだ。俺はどこにいたって結局はお前を見つけ出していたと信じてる。そのときはあいつ以上のことができたと思ってる。だからお前は、あいつとの出会いを奇跡にしようとしなくていいんだ」

言い聞かせるような主税の言葉は、わたしを落ち着かせた。目を閉じて、想像する。いつもの強さで実家に向かい、母からわたしを解放する主税を。そんな過去があれば、もっとしあわせだっただろうか。わたしはいまよりももっと、主税を魂の番だと思っただろうか。でも、過去には戻れない。わたしを救ってくれたのはアンさんで、その事実は決して変わらないのだ。

主税が婚約しているという噂をわたしに教えてくれたのは、パイプ椅子を投げた男の子――清水《しみず》くんだった。

「相手は社長の知り合いの娘だとかで、同棲して五年くらい経つらしいよ。前に専務が三島ちゃんに声かけてたことあったじゃん？　あれって正直、浮気目的だよな」
深い関係になったあと、主税はわたしに『俺とのことは会社の人間に話してるのか？』と確認してきた。社内の友人たちには事実の通り、たまに食事に誘われるけど進展などないということは話していた。それを言うと、『そのまま黙っていてくれ』と言われた。『食事にいく程度ならいいが、正式に付き合うとなると親父《おやじ》やじいさんがうるさいんだ。もちろんいずれは報告するけど、いまはまだ早いと思ってる。それに、社内の人間にごちゃごちゃ言われるのも面倒だしな』
彼の言うことは、当然だと思った。食事に誘われただけで社内が騒然とした。中には誘いに乗って食事にいくことを、『怪我をさせたという専務の罪悪感を利用して図々《ずうずう》しい』と批判してきたひともいたほどだ。わたしたちが付き合い始めたと知られてしまえば、もっと騒がれてしまうだろう。あることないことを蔭で囁かれるのも嫌だったので、わたしは頷いた。それから社内の友人たちには『専務、わたしに飽きたみたい』と話した。友人たちは『つまんなーい』と唇を尖らせたけれど、それ以上詮索することはしなかった。
そうか。わたしは、主税の浮気相手だったのか。

驚きすぎて言葉が出ないでいると、「なんか、血だよなあ」と清水くんがしたり顔で言う。首を傾げると、「社長もいるじゃん。愛人」とにやりと笑った。

「ほら、社の偉い奴らがこぞって使うあの料亭の女将。あれ、社長の昔からの愛人だって、有名な話」

それは、わたしが主税に連れて行かれたあの料亭に他ならなかった。出迎えてくれた女将に主税は、わたしを『俺の可愛がってる子』と紹介し、うつくしい女将はそれを笑顔で聞いていた。あれは、父親の愛人の店に浮気相手を連れて行った図だったというのか。何も知らずにヘコヘコと頭を下げていたわたしは、何て滑稽《こっけい》な女だったのだろう。

「会長にもそういうのがいたらしいし、なんつーか倫理観のおかしな一族なんだろうな。三島ちゃんは専務に深入りしなくてよかったと思うよ」

清水くんは面白そうに言い、それより三島ちゃん、ふたりでメシでも食いに行かない？　と窺うように見てきた。いつかの詫びもちゃんとしてないしさ。どう？

わたしはそれを多分丁寧に断ったと思うけど、分からない。頭の中は真っ白で、どうやって仕事を終えて部屋に帰ってきたのかさえも定かではなかった。気付けば真っ暗な部屋に座り込み、呆然としていた。どれくらいそうしていたのか、ふいに部屋のドアが開き、入ってきたのは主税だった。合鍵を持っているのは主税と美晴だけで、わたしは美晴にこのことを伝える気力もなかったから、主税だというのはドアが開く前から分かっていた。

「噂、聞いたのか」

床にへたり込んだままのわたしを見下ろして、主税が訊く。頷くと、「こんな形で知らせるつもりはなかったんだ」と悔しそうに言った。

「貴瑚には状況を見てちゃんと言うつもりだった。なのに何でか噂が勝手に広まっていて」

「……ということは、あの話は本当なんだね」

どこか冷えた頭で訊く。間違いでも嘘でもないのだ。主税はわたしの前に座り、わたしの手を取った。それからわたしを真っ直ぐに見る。瞳から真摯《しんし》さ――そう表現するとバカみたいだけれど誠意のようなものを感じて、別れ話だなと思った。こうなったからには、彼はわたしと別れるつもりなのだろう。

「このままの関係を、続けたい」

別れの言葉を待つわたしに、主税ははっきりと言った。

「貴瑚のことを本当に大切に思っている。誰にも渡したくないんだ。でも、俺は貴瑚以外の女と結婚しなくちゃならない。麻巳子《まみこ》との結婚は、どうしても避けられないんだ」

「は？　何を、言ってるの……」

結婚をするけど、わたしとも関係を続ける？　意味は理解できる。だけど感情がついていかない。動けないでいるわたしを主税は抱き寄せ、「しあわせにする」と言った。もっといい部屋に住め。そこで俺を待って生きて欲しいんだ。俺はいつでも貴瑚の待つ部屋に行く。いままでと変わらない、いやいま以上に深く貴瑚を愛したいんだ。

抱きしめられながら、清水くんの言葉を思い出していた。

『血だよなあ』

ああ、本当に『血』というのはあるのか。わたしには、妾の血が流れている。祖母はその血を糧《かて》に生き抜き、母は毛嫌いしたのに一度はその血に従ってしまった。わたしもまた、その血に生きるのだろうか。

でも、そうなのかもしれない。だってこんなにも哀しくて、断らなければならないと思っているのに、わたしの心は喜んでいる。捨てられなくてよかったと、泣いている。

「……考えさせて」

どうにかそう答えられたのは、母の背中を思い出したからだった。情に絆《ほだ》されたらダメなの。あそこであたしの意志さえ強ければ、こんなことにはならなかったの。そう嘆《なげ》く母の背中が、一瞬見えたのだ。

「時間が必要なのは分かる。ちゃんと考えて欲しい。でも、貴瑚が俺についてきてくれるというのなら、俺は一生貴瑚を守る。ひとりの女としてのしあわせを贈りたい」

そんなことが可能なのだろうか。婚約をしたという女性とわたし、両方にしあわせを与えることなんて本当にできるのだろうか。主税の婚約者はこの事実を知ったら嘆き悲しむだろうし、わたしはいつかわたしだけのものになって欲しいと恨むだろう。

しかし数日後、部屋にやって来た主税にわたしは「ずっと傍にいさせて」と言った。

「わたし、やっぱり主税がいないとダメだ」

涙が出たのは、自分もまた妾の人生を歩もうとしていることに対する哀しみだったような気がする。妾の子として生まれたからこそ、わたしは母に愛されなかったのに。なのに、妾として生きようとするなんてバカだ。でも、どうしても主税を失いたくなかった。

主税は震えながら泣くわたしを抱きしめて、「ありがとう」と言った。辛い思いをさせるかもしれない。でも、俺の心はいつも貴瑚の傍にあるから。俺が心から思うのは、どんなときだって貴瑚だから。

そんなのきっと嘘で、婚約者にも同じようなことを言っているのだろう。頭の片隅で思い、もう嫉妬に狂いそうになるけれど気付かないふりをする。失う恐怖より、自分の中で押しとどめられる痛みを我慢する方がいい。それから主税はわたしを丁寧に抱き、しあわせにすると何度も囁いた。マリッジリング代わりに、指輪を買おう。いつでも着けていられるようなシンプルなやつがいいな。お前の好きなものを選ぶといいよ。

主税の腕の中で嬉しいと縋りながら、結婚前から愛人を抱え込もうとするなんて、なんて不誠実《ふせいじつ》な酷い男だろうと思う。しかし主税は、自分なら女ふたりを同時にしあわせにできるという自信に溢れていた。清水くんの言う通り、倫理観がおかしいのだろう。何しろ、父親の愛人と笑顔で会話できるようなひとだ。そして愚かなわたしは、そこに強さを感じてしまった。主税ならきっと、わたしをどんな形であっても愛し続けてくれるはずだと信じてしまったのだった。

主税の勧めるまま、主税と婚約者の住むマンションの近くにある部屋に越した。以前に主税が言っていた通り、これまで住んでいた部屋より広く、セキュリティ面のしっかりしているところだ。主税からプレゼントとして、ふたりで並んで余りある大きさのベッドが搬入されたとき、本当にこれでいいのかと眩暈《めまい》がした。自分が人道に外れたことをしようとしている自覚はあって、その罪悪感は波のように押し寄せては引く。いまならまだ間に合う、と何度も思う。でも、止められない。自分が選んだ道は誰にも、美晴にさえも言えない。

主税からは、いずれは会社も辞めてくれと言われていた。料亭に仲居として勤めればいいと言われて、さすがにそれはぞっとした。父子で女を同じ場所に囲おうというのだろうか。自分で新しい勤め先を探すつもりだと断ったら、それなら俺が探すと返された。変な男がいたら嫌だし、俺が職場を吟味するからと。

わたしが愛人となった途端《とたん》、主税はわたしをこれまで以上に束縛するようになった。束縛と言うよりは、所有権を主張する感じだろうか。以前に『ペット』と冗談に言ったことがあったけれど、やはり主税にとってのわたしはそういう扱いである気がした。いや、これが『愛人』というカテゴリーに入れられたということなのか。誰にも言えない、どこでも証明できない関係に形はつけられなくて、だからこそ縛る。見えない鎖でがんじがらめにされる自分を想像した。だんだんと、後戻りできなくなっている気がした。

「何か最近の貴瑚、おかしいよ？　どうしたの」

定例の飲み会は、皮肉にもアンさんがいなくなって回数が増えた。

いつもの居酒屋で、いつものメニューを頼んだわたしたち三人はジョッキを合わせたのだったが、美晴が気になって仕方がないというように口火を切った。

「新名さんとはちゃんとうまくいってるんだよね？　何だか会うたびに表情が暗くなっ

ていく気がするんだけど」

美晴と匠くんが心配そうにわたしを見て、その視線を受けたわたしは「そんなことないよ」と笑顔を作ってみせる。主税がわたし以外の女性との挙式《きょしき》の準備に忙しくて最近会えていないだなんて、どうして言えるだろう。

耳を塞ぐように生活していても、仕事に行けば主税の話を聞く。ウエディングドレスは三年も前から作家にオーダーしていたとか、彼の父である社長が特に婚約者を気に入り実の娘のように可愛がっているとか。それに、婚約者はうつくしくて家庭的な女性で、主税との式を心待ちにしているとか。

しあわせそうな話を聞くたびに、もう止めようと思う。主税に別れを申し出ようと決める。でも、夜中にふらりとやって来て会いたかったと唇を重ねられたら、言葉は喉の奥に張り付いて出なくなってしまうのだ。彼を待つための部屋で、毎晩わたしは彼が気紛れに会いに来るのを待つ。窓を開けてぼんやりしていると無性に悲しくなって、気付けば52ヘルツのクジラの声を聴く時間が増えていた。しかしわたしのようなひとでなしの声など、きっと誰も聞いてはくれない。いや、こんな声は誰にも届かない方がいい。

「そういや、アンさん」

思い出したように美晴が言い、びくりとする。

「アンさんをうちの講師が見かけたらしいの」

「本当？」

驚くと、美晴は「ちょっと見かけただけらしいけど、窶《やつ》れたりとか生活が荒れてる様子ではなかったって」と言う。アンさんのことを思い出しては胸を痛めていたので、ほっとする。美晴は「またアンさんから連絡がくるといいね」と優しく目を細め、わたしは頷いた。しかし、連絡はない方がいいとも思う。アンさんに、いまの自分の状況を訊かれたくなかった。

美晴たちと別れて部屋に戻ると、主税がいた。

「え、え、どうして？　わたし今夜は美晴たちと食事に行くって言ってたよね」

来ると連絡をくれていたら、早く切り上げてきたのに。そう言おうとして、口を噤む。主税はとても厳しい顔をしていた。わたしが、彼が婚約していると知った晩と同じ顔だった。

「……どうしたの？」

「実家の父宛に、お前との関係を知らせる手紙が届いていた」

酔いが一気にさめる。体温が音を立てて下がった気がした。

「俺たちの関係がいつからかってことや、この部屋のことまで書かれていた」

「う、そ……。あ、わた、わたし、そんなことしないよ？」

もしかして疑われているのか。慌てると、主税は「分かってる」と頷いた。

「貴瑚を疑うわけないだろ。それに、送り主はご丁寧に名前を書いてくれていたよ。岡田安吾、って」

眩暈がする。立っていられなくて、その場に座り込んだ。多分真っ青になっているだろうわたしの顔を見て、「あいつは最初から、良くないと思ったんだ」と主税が言う。念のためだけど、貴瑚はあいつと連絡とってないよな？　と訊かれてのろのろと頷く。

「美晴も匠くんも、アンさんとは取ってないはず。それに、この部屋のことはまだ誰にも教えてない」

「となると、あいつがひとりで俺たちの周辺を嗅《か》ぎまわってるってことになる」

主税は大きく舌打ちした。

「幸い、手紙は親父宛だったから、親父しか目を通してない。上手くやれと叱られただけですんだけど、向こうの家や麻巳子の耳に入るのは、いまはまずい」

アンさんは、何を考えているんだろう。混乱した頭で頷く。

「貴瑚は、あいつが接触してくるかもしれないから気を付けろ。美晴ちゃんの部屋に泊まるとか、何ならホテルに避難していてもいい。いや、部屋から出ないのが一番安全かもな。管理人に注意を促しておけるし」

主税の声が遠く聞こえる。アンさんが、この部屋のことも知っている。もしかしたら、わたしが気付かなかっただけで、とても近くにいたのかもしれない。アンさんはどうして、わたしに直接話してくれなかったの。

「逆恨みだと思うんだよな」

主税が苦々しく言い、俯いていたわたしは顔を上げる。

「多分、お前が自分ではなくて俺を選んだことを恨んでいるんだ。そして、こんな関係になっても続いていることが許せないんじゃないかと思う」

「わたしに、怒ってるってこと？」

言いながら、そうなのだろうと思う。きっと、わたしに呆れ果てて、怒っているのだ。それも当然だ。わたしは、愚かだと理解したうえで、愚かな行為をしている。

「俺に対する嫉妬だろうさ。ただ、お前はしばらく部屋から出ないでおけ。買い物はネットサービスで賄《まかな》うといい。会社は当面休んで構わない」

主税の言葉に、わたしは頷くことしかできない。アンさんが怒っている、そう思うだけで心の置き場所が分からない。

「早いとこ、解決する。戸締まりだけは気を付けろ」

主税はそう言って、わたしの額《ひたい》に唇を押し付けた。それから慌ただしく出て行く。扉を施錠《せじょう》したわたしは温もりの残る額を撫で、玄関に座り込んだ。タイル張りの床はどこまでも冷たかったが、でもそこから動けなかった。

## 6　届かぬ声の行方

ぷちんと可愛らしい声がして、見つめ合っていたわたしと美晴がはっとする。52がくしゃみをしたらしい。驚いた顔のわたしと美晴を見て、申し訳なさそうに頭を下げてくる。

「エアコン、効きすぎてるのかな。少し温度をあげようね」

笑顔を作ってみせる。表情を硬くした美晴に、会話を中断することを目で伝える。さすがに子どもの前でする話ではないと思ったのか、美晴も頷いた。

「ねえ、52。明日、大分に帰ろうね。それでさ、せっかく北九州市まで来たんだし、夕方涼しくなったら街を散策してみない？」

ホテル周辺にはたくさんの飲食店もあるし、こっちの名物も食べてみたいんだよね。付き合ってよ。そう言うと、52は頷いた。

それから日が傾くのを待って、三人でホテルを出た。熱の残った街中は蒸し暑く、ビルの間を通る風も熱い。

「わたしね、行きたいところあるんだ。付き合ってくれる？」

訊くと52は頷いた。美晴も、「ついていくからいいよ」と言う。それに甘えて、わたしはどんどんと歩き始めた。

どこに行こうとしているのか気付いたのはやはりここで暮らしていた52で、顔を強張らせる彼に、わたしは「乗りたいんだ」と言った。

「あれ、一緒に乗りたい」

わたしが指差した先には、赤い観覧車があった。

チャチャタウンというポップなカラーで彩《いろど》られた商業施設は、思っていたよりも賑やかな場所だった。映画館やゲームセンターもあって、若い子が多い。わたしは52を連れて乗り場へと向かった。

観覧車に乗っているひとはいなかった。大きなオブジェのようになっているけれど、それでも下にスタッフがいて、わたしたちが近づくと「乗りませんか？」と笑う。三人分の料金を払って、ゴンドラに乗った。52は黙って、ついてきた。

「うわあ。私、観覧車なんて十年以上ぶりなんだけど」

美晴が少しだけ嬉しそうに言い、「てっぺんに行ったら三人で写真撮《と》ろうよ」とスマホを取り出した。52はだんだん広がっていく景色を黙って眺める。夕日に照らされた町並みは、遠くにいくほどもの寂しく見えた。

「これ、おばあちゃんたちと乗ったんでしょ?」

訊くと、52が頷く。

「楽しかっただろうね」

もう一度、頷く。その目尻が少しだけ濡れていたけれど、気付かないふりをした。

「あー! ほらほら、もうすぐてっぺんだよ! 撮るよ!」

向かいに座っていた美晴が急に叫んで立ち上がったかと思えば、わたしたちにスマホを向けたまま踏み出してくる。急に片方に人間が寄ったせいで、ゴンドラが大きく揺れた。それでも美晴はわたしたちの間に座り、スマホを掲げてくる。

「はい! ふたりとも変顔して!」

「ちょっと、美晴! 揺れるからやめて! ていうか変顔って何!」

「あれだよあれ。貴瑚の得意のペコちゃん! 52はもっと笑え! 歯を見せろ!」

グラグラと揺れるゴンドラで、美晴は何回もシャッター音を鳴らし、わたしと52がその勢いに圧されて必死に顔を作る。何回もリテイクを繰り返して、美晴が「こんなもんでしょ」とカメラアプリを終了した時には、地上が近づいていた。

「もー、信じらんない。これがアラサーのやることかよ」

「あらやだ、まだ二十六よ。それに、緩急をつけるのって大事なんだから」

美晴は満足そうにスマホを操作し、わたし以上に脱力している52に「これがベストショットかな」と画面を見せる。それをちらりと覗くと、そこには無理やりだけれど大きな口を開けて笑おうとしている52がいた。

「貴瑚のペコちゃんがブスだけど、いいと思う」

美晴が笑い、わたしは「ぶん殴るよ、あんた」と拳《こぶし》を振るう真似をする。52は、奇妙なものを見る顔でスマホを眺めていた。わたしはその横顔に、「もっと笑えるようになるよ」と言った。

「次は……そうだな。友達とか。52は誰かとこうして笑うんだ、絶対」

52がわたしを見て、わたしはペコちゃんの顔をしてみせる。52は少しだけ笑うような顔を作って、首を横に振った。もういいのだ、という風に。

「ほんとだよ、笑えるよ」

重ねて言うと、52は頷く。けれどその表情はどこまでも寂しそうで、諦めきっている。わたしの言葉は、彼の心をちっとも救っていないのだ。ああ、この子を、どうしたら笑わせてあげられるのだろう。

「分かった。52、お腹空いてるんでしょ？　ご飯食べたら、気分も晴れるよー！」

52の表情に気付いているのだろう、美晴がわたしと52の背中をバンと叩いた。

「グルメサイトのチェックもしたし、豪華な夕飯と行こう。これからは、私が案内するよ」

にっと笑う顔が、優しい。ああ、ここに美晴がいてよかったと思う。

「任せた。ビールの美味しい店ね！」

笑顔を無理やり作ってみせると、美晴はもっと笑って「任せとけ」と胸を叩いた。

小倉名物だという鉄なべ餃子《ギョーザ》を食べ、焼き鳥屋にも行った。〆《しめ》にはやっぱこれでしょと旦過市場《たんがいちば》という市場の前にあるラーメン屋に行き、豚骨《とんこつ》ラーメンとおでんを食べた。カリカリに焼かれたとり皮はとにかく美味しかったし、出汁《だし》のよくしみた大根も餅巾着も美味しかった。そしてどの料理もビールに合って、わたしは美晴と競うようにして飲んだ。ジョッキの向こうに美晴がいる。その、見慣れていたけれど手放した景色が愛《いと》おしい。52は盛り上がるわたしたちを物珍しそうに眺めていた。

「ごめんごめん。つまんない？」

美晴が訊くと、首を横に振る。それからコンビニで買ったメモ帳にボールペンで『びっくりしてるだけ』と書いた。『こういうのはじめてだから』と書き足す。

「そかそか」

美晴は52の頭を撫で、楽しそうにジョッキを傾ける。

「ねえ、美晴。ずっと訊こうと思ってたんだけど、匠くんにはわたしのところに来ることを伝えてあるの？」

訊くと、美晴は「言ってあるよ」とあっさりと答えた。

「もちろんじゃん。伝えてなかったけど、匠から貴瑚に伝言も預かってるよ。『最低』短い言葉に、胸が痛む。俯くと、「でも、ちゃんと元気にしていたら続きを伝えてとも言われてた。『友達は捨てられるものじゃないよ。オレは貴瑚ちゃんの友達のままだよ』だってさ」と言って美晴は笑った。

「匠も、私と一緒に貴瑚の実家に行ってくれたんだよ。貴瑚ちゃんはどいい子はいないんだよ！　ってあのクソババアに啖呵《たんか》を切った時は、惚れ直した」

「……ありがとう」

泣きそうになるのをぐっと堪えた。

「貴瑚はね、ひとりで抱えすぎなんだよ。私も匠も、もしかしたら工場の時の友達だって、頼られたらちゃんと受け止めた。貴瑚のしたことを叱りはしても、嫌いになったり離れたりなんてしなかった。もっと信用して欲しかったよ」

怒鳴るでもなく怒るでもなく、静かに言う美晴に、心から申し訳ないと思う。あの時のわたしは、誰のことも考えられなかった。

俯くと、「でもね」と美晴が声の調子を変える。

「でもね、いまの貴瑚はこの子のことばかり考えてる。真っ直ぐ生きてる。嬉しいよ。匠にも、見せてあげたい。ほら、52。このおでん美味しいから食べな」

美晴は穏やかに笑って、不思議そうにしている52の口元に牛すじの串《くし》を持っていった。自分で食べられる、と言うように串を取って食べる子どもの顔を見つめる。この子と出会って、わたしは変わろうとしているのだろうか。

その後、お腹がはち切れるくらい食べてホテルに戻った。52はへなへなとソファベッドに寝そべると、お腹を撫でながら目を閉じようとする。「こら、歯磨《はみが》き」と美晴が声を飛ばすと、よたよたと洗面所へ向かった。美晴に随分《ずいぶん》食べさせられていたので、体が重いのかもしれない。歯磨きを済ませた52は、「お風呂は?」というわたしの問いには首を横に振って、ベッドに潜り込んでしまった。少しして、寝息が聞こえ始める。

「ねえ、昼間の話の続き、聞かせてくれる?」

美晴が静かに言い、わたしは頷く。わたしの罪の告白はまだ始まってもいない。でも、どこから話せばいいのだろう。

「……アンさんは、わたしのことが好きだった。愛してくれていたんだと、思う」

ゆっくりと語りだすわたしに、美晴が耳を傾ける。

「ここの部分は想像なんだけど、初対面の時に主税を良く思わなかったアンさんは、主税の周囲を調べたんだと思う。そして、彼に婚約者がいることを知った」

社内で起きた、主税が婚約しているという噂の発信元はアンさんだとわたしは思っている。その時にわたしと主税が別れていればよかったのだろうけれど、わたしたちは別れるどころか関係を深めていった。

アンさんは主税の父親に手紙を送り、父親から息子を諌めてもらおうとした。しかしそこでも、望む反応は得られなかった。

「アンさんは次に会社宛に、そしてその次には婚約者の家に同様の手紙を送ったの。最初は諌めるだけだった主税の父親も腹に据えかねたんだろうね。いったん女を捨てろ、って主税を会社で怒鳴りつけたんだって」

しかし主税は、そうしなかった。父親たちにはわたしと別れると言いながら、わたしを捨てることはしなかった。

「ねえ、私ずっと分かんないでいるの。どうしてアンさんはそこまで貴瑚に執着していたのに、貴瑚に想いを伝えなかったんだろう」

美晴が心底理解できないというように頭を振って言う。バカだよ、アンさんは。

わたしは苛立つその顔を見ながら続ける。

「主税のアンさんに対する怒りようはすさまじくてね、傍で見ていても震えるくらいだった。興信所にアンさんの素姓を探るように依頼して、そして主税は、アンさんがどうしてそんな遠回しなやり方を選ぶのか、その訳を知ったんだ」

調査書を持ってわたしの部屋に駆けこんできた主税は、珍しく興奮で顔を上気させていた。おい貴瑚。あいつがお前に指一本触れなかった理由が分かったぞ。

「アンさんね……トランスジェンダーだった」

鈴《すず》が落ちるように、美晴が小さく声を洩らした。

「戸籍上は女性のままで、ホルモン注射を打って体の男性化を図ってたんだ。美晴の勤め先の塾長はそういう事情を全部知ったうえで『岡田安吾』として雇い入れたみたいだよ」

アンさんの本名は、岡田杏子《あんず》。地元である長崎《ながさき》の大学を卒業して、それと同時に上京した。新しい地に移り住んだのをきっかけに『岡田安吾』としての人生を歩み始めたという。恋人はずっといなかったようだ。岡田安吾として、アンさんは静かに生きていた。

主税は調査書に目を落として、鼻で笑った。自分のハンデの苛つきを俺にぶつけてたってわけね。くだらねえな。わたしは主税の読み上げる、アンさんの隠していた真実を茫然《ぼうぜん》と聞きながら考えていた。わたしは彼の、何を見ていたんだろう。

アンさんは母子家庭で、母親は海辺の町で静かに暮らしていた。主税はそのアンさんの母親に連絡をとった。お宅のお嬢さん、いや息子さんって言った方がいいんですかね？　え、ご存じないんですか。彼――いや彼女は、いまは男性として東京で暮らしてますよ。信じられませんか？　ですが間違いなく、男性として、です。それでですね、あなたの娘さんが俺の恋人にストーカーをしているんです。俺も、私生活を勝手に嗅ぎまわられて迷惑しているんですよ。恋人は、恐ろしくて外に出られないと泣き暮らしている。お母さんの方から娘さんを諌めてもらえませんかね。

何も親に連絡しなくてもと縋るわたしに、主税は『俺は全部やられているが？』と切り捨てた。他人に刃を振るってるんだ。自分が振るわれないと思うのは、覚悟が足りんだろう。

「主税からの電話にアンさんのお母さんは、ものすごくショックを受けてた。すみませんすみませんって何度も繰り返していて、離れた場所にいるわたしにも、激しく動揺しているのが伝わってきた」

電話の向こうの悲痛な声と主税の居丈高な声を聴きながら、絶望に近い感情を覚えた。どうしてこんなことになってしまったのだろう。

わたしは、アンさんに会わせてほしいと主税に頼んだ。わたしはアンさんと満足に話をしていない。アンさんとちゃんと話せば、解決することもあるはずだ。でも主税は、それは絶対に許さないと言った。向こうはただでさえ余裕《よゆう》がなくなっている。あいつの親にまで連絡した以上、今後は何をするか分からない。いいか、あいつはモンスターだ。自分のコンプレックスを盾《たて》に俺たちに攻撃してくる異常者だと思え。

「主税もあの時は冷静じゃなかったんだと思う。アンさんは主税の婚約者にも手紙を出して、そしたら婚約者はあっさり実家に帰っちゃったんだ。その話は周囲にも知られてしまって、主税はわたしと別れないことに腹を立てたお父さんの手によって、現場の仕事に回された。主税は会社でも家でも針の筵《むしろ》に座っているような状態だったの」

そんな状態になっても尚《なお》わたしを手放さなかったのは、わたしに対する愛情もあっただろうけれど、アンさんに対する憎しみが大きかったように思う。貴瑚と別れたら、あの不完全女の思うつぼだろう。俺は絶対に貴瑚と別れない。あいつに、俺が味わった以上の苦しみを味わわせてやる。それまで見せたことのない血走った目をして、主税は言った。

実際に主税が何をしたのかは分からない。この後に起きた出来事を思えば、きっと酷いことをしたのだと思う。

軟禁状態だったわたしは、主税が何をしているのか、アンさんとどうなっているのか、全く教えてもらえなかった。ただ部屋にいて、主税がやって来るのを待つだけの日々を強《し》いられた。会社はとうに退職させられていて、主税の許可なくしては外出することも許されなかった。

そんなある日、美晴たちに飲みに誘われたから気晴らしに出かけたいと頼むと、主税に頬を殴られた。こんなときに何を言ってるんだ、お前は。俺がどれだけ大変か分かってんのか。大きな手のひらで遠慮なくぶたれたわたしは床に倒れ込み、その勢いで頭を強かに打った。目の前がぐらぐら揺れ、何が起こったか分からなくなる。主税は床に転がったわたしの襟元を摑んで乱暴に引き上げ、大人しくしておけと吐き捨てる。俺がお前にどれだけのものを費やしたと思ってる。お前はここで俺をただ待ってりゃいいんだ。

主税は頬を腫らしたわたしを苦々しそうに一瞥して、帰っていった。鍵のかかる音を聞いた後、わたしはよろりと立ち上がってキッチンに向かった。タオルを濡らし、頬にあてる。ひんやりしたタオルに、涙が浸みこんだ。

主税と、もう別れなくてはいけない。優しかった主税はひとが変わってしまった。彼をこんな風にしたのは他でもないわたしだ。わたしが、誰にも祝福されない恋を摑もうとしたからだ。アンさんが何もしなかったとしても、きっと第二のアンさんが現れて、わたしの罪を咎《とが》めたに違いない。
主税に出会わなければ、せめてもっと早くに別れていれば、こんなことにはならなかったのだろうか。
『あの新名という男は、キナコを泣かせるかもしれない』
ふと、アンさんの言葉を思い出した。そうだ。あれは、アンさんとの最後の会話だっ
た。あのときすでに、アンさんは主税の婚約者のことを掴んでいたのだろう。だから、
わたしに忠告してくれた。でも、わたしは何と返したんだったろう。ああ、そうだ。い
いひとだよ。すごくいいひとなの、と酔ったわたしはバカみたいに繰り返したんだった。
あのときわたしが素面《しらふ》で、もっとアンさんと話をしていれば、こんなことにならなかっ
たのだろうか。ええと、それから？　それから何の話をしたっけ。
『ねえ、アンさん。あのね……あの、わたしのこと、好き？』
『大事だよ。キナコのしあわせをずっと祈るくらいにはね』
すっかり忘れていた会話がふいにくっきりと蘇って、息を呑む。そして唐突《とうとつ》に理解し
た。ああ、そうだ。彼はそう言った。となれば、彼のこの一連の行動は、彼なりの、わ
たしのしあわせへの祈りではないのか。わたしの罪を咎めているのではない。わたしを
しあわせにするために、彼はなりふり構わずこんなことをしているのだ。

シンクの前にへたり込む。足元から起きた震えが止まらない。わたしは、大変なことをしてしまったのではないのか。

「主税はビジネスバッグにいつも、アンさんの調査票を入れてた。だから主税の隙を見てこっそりとそれを見たの。案の定、それにはアンさんの住んでいるところがきちんと書かれていた」

こっそりと携帯で写真を撮り、知らん顔をして書類を元に戻した。アンさんの住所は少し離れていたけれど、行けない距離ではない。軟禁とはいえ、主税が仕事に行っている時間は出かけることもできたので、わたしはこっそりとアンさんに会いに行くことにした。もし主税に外出がばれて殴られても構わない。一刻も早く、アンさんに会わなければならない。

「アンさんに会って、これまでの謝罪をしたかった。あとは、主税と別れるつもりだとも言いたかった。今更遅いとアンさんに怒鳴られたとしても、それだけはしなくちゃならないと思ってたんだよね」

アンさんが住んでいたのは、古いアパートだった。勇気を奮《ふる》ってチャイムを鳴らしても、出てくれない。耳を澄ませば遠くに水音が聞こえて、お風呂を使っているのかもしれないと思う。それならばと玄関先で待ったけれど、いつまで経っても水音は止まなかった。これはおかしいと思いだしたころ、白髪交じりの女性がやって来た。それは、アンさんのお母さんだった。どういうご関係ですかと戸惑ったように訊かれて、友人ですと言うとほっとした顔をみせた。

「アンさんのお母さんは近くのホテルに泊まっていて、娘と今日長崎に帰るんですよって言ったのね。娘は都会でひとりで暮らしてて、きっと疲れたんだと思う。海を見ながら療養させるつもりなんですよ、って困ったように話してくれたの」

お母さんは合鍵を持っていて、ドアを開けてくれた。遠くに聞こえていた水音が大きくなって、お母さんが部屋の奥に『杏子』と声をかけたけれど返事がない。

『お風呂かしらねえ。いまごろ入らなくってもいいのに。ちょっと待ってくださいね』

お母さんがため息を吐きながら浴室へ向かい、わたしは狭い室内を何となしに見回した。引っ越すからか、物が何もない。梱包《こんぽう》された段ボール箱が数個転がっているだけだ。数少ない家具の、古い事務用デスクの上に真っ白い封筒が二通、綺麗に並べて置かれているのが少し気になった。それに向かって足を一歩踏み出した時、悲鳴がした。

「浴室に向かったはずのお母さんが叫んで、駆けつけてみたら……アンさんは湯船の中で亡くなってた」

温かなシャワーが延々と出ているせいか、浴室内はもうもうと曇っていた。血で赤く染まった湯船の中に、アンさんがいる。呆然と立ち尽くすわたしの前で、半狂乱になったお母さんがアンさんを引き上げようとする。血を流し続けている手が、だらりと落ちた。杏子、何でね。そんなに辛かったとね。お母ちゃんが病気ば治しちゃる言うたでしょうが。何でこげんことすっとね。アンさんの血で赤く濡れながら、お母さんは泣き叫んだ。

それから警察や救急隊が来て、場は騒然となった。アンさんのお母さんは、『女の子やけん、見んといてください。せめて女性ば呼んでください』とバスタオルでアンさんを包んで叫んだ。ご遺体に触れないでくださいと何度警官が言っても、アンさんを抱きしめて離さなかった。

美晴が深くため息を吐く。のろりと立ち上がって、冷蔵庫の中を覗く。昨夜の缶ビールが一本だけ残っていて、美晴は部屋に備え付けられていたふたつのグラスに半分ずつ注いだ。わたしにグラスをひとつ渡し、黙って隣に座る。隣り合った熱が優しい。

「アンさんのお母さんは、ごくごく普通の優しいひとだった。ただ、娘の心が男性だということを受け入れられなくて……というよりは精神的な病気だと思ってたみたい。田舎でのんびり過ごして薬を飲めば治るはずだったのにって何度も繰り返してた」

大切な友人をせめて見送りたいと頼んで、わたしはお母さんの傍にいて束の間お世話をさせてもらった。アンさんの遺体は検死にまわされたので二日間帰って来ず、その間にわたしは葬儀社を手配した。アンさんのお母さんは抜《ぬ》け殻《がら》のようになっていて、それでも誰にも知られたくないと泣きながら言うので、小さな家族葬という扱いにしてもらった。

「アンさんの遺体が検死から戻ったあと、わたしとお母さんのふたりでアンさんを見送ったの。お母さんね、アンさんの顔に、一所懸命化粧してた……」

思い出すだけで、胸がつぶれそうになる。お母さんは顎鬚の残ったアンさんの顔剃《そ》りをし、ファンデーションを丁寧に塗って剃り跡を隠した。眉を描き、チークをはたいて口紅を塗る。それから、短く刈った頭を隠してくれと葬儀社の担当にお願いして、棺《ひつぎ》を白百合《しらゆり》で埋めてもらった。お母さんは白いヴェールを被った花嫁のようになったアンさんを見て、泣き崩れた。こんな姿を、どうして死んでからしか見せてくれんの。何でよ、何で。

「あの姿を見てたら、アンさんがカミングアウトできなかった気持ちが痛いほどわかった。アンさんはきっと、すごく辛かったと思う」

通夜の晩、お母さんはアンさんの棺の隣で泣き疲れるようにして眠った。数日で窶れ切った寝顔が痛々しい。お母さんにタオルケットを掛けてから、棺を覗いた。お母さんと面差しの似た可愛らしい女性がいて、アンさんとは思えない。アンさんはこんな姿をわたしに見られたくないかもしれないとも思った。だからほんの少しだけアンさんの顔を見つめてから、棺の窓を閉じた。それから、棺の上に置かれた二通の封筒を取り上げた。

アンさんの部屋の事務用デスクの上に置かれていたのは、遺書だった。一通はお母さん宛で、中を読ませてもらったら何度もお詫びの言葉が記されていた。

不完全な娘でごめんなさい。これまでに何度苦しめたでしょう。女の子として生きられないわたしのせいで、あなたにいらない涙を流させたことは数えきれません。あなたにとっては、わたしのような娘を産んで辛かったと思うけれど、わたしはあなたの子どもとして生まれてよかったと思っています。願わくば、また今度もあなたの子どもとして生まれたいです。どうか、わたしをまた産んでください。でもその時には男として生まれますね。あなたの助けとなるような大きな体躯で、あなたを安心させられるような丈夫な心を持って生まれてきます。二度と悲しませないと約束します。だから今生は、親不孝を許してください。

アンさんは苦しんでいた。自分の心と体の乖離《かいり》に、それを母親に告白できない葛藤《かっとう》に、きっとずっと苦しんでいたのだ。繰り返される謝罪の言葉に、アンさんの救われない思いが溢れていた。

魂を削《けず》るような言葉を前に、お母さんは繰り返した。これは、私があの子をきちんと産み育てられなかったことを責めてるんだね。私が悪かったんだ。ああ、あの子をもう一度、産み直してあげられたらいいのに。そしたらこんな風に育てたりしないのに。

わたしはその姿に、何も言えなかった。アンさんの苦しみの欠片すら知らなかったわたしが、何を偉そうに言えるだろう。

そしてもう一通の遺書は、主税宛だった。しかしそれは警察の調べが入り、とっくに開封されていた。目を通す勇気がないとお母さんが放置していた封筒を、わたしはそっと開いた。

新名主税様

どうして自分宛なのかと驚いていることでしょうね。申し訳ないですが、死んでいく者の声に少しだけ付き合ってください。

貴瑚と、別れてあげてください。それができないのなら、いまも自身を魂の番だと言うのなら、貴瑚だけを見て貴瑚だけを守ってあげてください。あなたも知っているかと思いますが、彼女はとても辛い過去を背負っています。愛された記憶がなさすぎます。

彼女には、誰かに心身ともに包まれ満たされたというかけがえのない記憶がいるのです。そうしなければ、彼女の心の海はいつまで経っても豊かにならない。

　あなたがいまのような、不誠実で片手間の愛を彼女に注いでも、それは束の間の渇きを癒《い》やすだけに過ぎません。彼女の奥底の寂しさは、決して消えない。もしかしたら、寂しさを増幅させるだけではないかとも思います。

　だから、お願いです。貴瑚に向かい合って、最善のしあわせを与えてあげてください。本当に魂の番となるか、魂の番と出会わせてあげるか、そのどちらかを選択してください。あなたがどちらの選択をしても、わたしはあなたに感謝します。

　あなたの言う通り、わたしは不完全な人間です。あなたのように貴瑚を抱きしめる逞しい体は持っていないし、貴瑚を包み込むような強さもない。広い世界を見せてあげる度量もないかもしれません。わたしは彼女の心身の両方を満たせる自信はなく、そんなわたしが彼女を望めばいつか彼女を苦しめるでしょう。貴瑚の傍には欠陥《けっかん》のない人間がいるべきというあなたの意見には、大いに賛成です。未だ不安定なあの子を支えるのは、心身ともに充実した人間であるべきだ。

　わたしは以前に貴瑚を救えたことで、満足しています。そろそろ、彼女の新しい人生の過去の登場人物にならなければならないのだと思います。ですから、貴瑚には黙って逝《い》きます。もし貴瑚がわたしの死を知ることがあれば、愚かなわたしは弱さゆえに死んだと言ってください。

貴瑚をしあわせにしてください。これまでの非礼のお詫びも含め、この命をかけてお願い致します。


何の乱れもなく書かれた手紙に、言葉を失った。主税宛に書かれたこの手紙には、アンさんのわたしへの想いが溢れていた。アンさんはわたしのことを、誰よりも愛してくれていた。死の前でさえ、わたしのしあわせだけを願ってくれていたのだ。

「アンさんがわたしに何も言わずにただ待っていたのは、わたしがわたしの意思でアンさんを見たときにだけカミングアウトするつもりだったんだと思う。わたしが自らアンさんを魂の番として選んだときには、きっと全てを告白してくれた」

グラスを持つ手が震える。わたしのその手に美晴の手が重なった。

「でも、思うんだ。アンさんはずっと、わたしに声を届けようとしてたんだって。気付いてと、見てと繰り返し言ってたんだ。でもわたしは、全く気付かなくて……彼を傷つけて、死なせた」

他愛ない会話や、真夜中の電話。その何もかもに彼の叫びがあった。

アンさんもまた、52ヘルツの声をあげる一頭のクジラだったのだ。きっと、必死に声をあげて歌っていたはずなのに、わたしはその声を聴けなかった。彼に導かれた世界の、大きくてわかりやすい声に向かって行ってしまったのだ。

「言って欲しかった。ぼくがキナコの魂の番だよって言ってくれたら、わたしは頷けたんだ。アンさんの体のこととかそんなの二の次で、寄り添って眠るだけだってわたしはよかった。本当に、そう思うんだよ。でも、あの時のわたしは新しいものに夢中になって、アンさんの必死の声を聴けなかった。なんて、愚かなんだろう……」

泣き叫びたくなって、堪える。美晴の手に一層の力が籠もった。唇を噛んで、声を殺して泣くわたしに、美晴が言う。アンさんは、そんな風に貴瑚を泣かせたくなくて、黙って去ろうとしたんだと思うよ。そうするしか、アンさんは貴瑚と自分のしあわせを両立させられなかったんだ。

「あんなとこでひとり死ぬことが、しあわせなわけないよ」

小さなバスタブで死に、たったふたりだけに見送られて逝くことの、何がしあわせだというのか。母に泣かれ、本当の自分とは違う姿で逝くことが、彼の願いなわけがない。

唇を噛みすぎたのか、血の味がする。美晴が、「息をしな」とわたしに言う。

「息を止めてる。だめだよ」

　ふっと息を吐くと、急に空気が入れ替わったせいで噎せ返る。ごほごほと咳《せ》き込むと、52が寝返りを打った。起こすまいと、呼吸を整えて涙を拭う。温くなったビールで喉を湿らせ、深呼吸した。

「アンさんを見送ったあと、主税宛の遺書を持って部屋に帰ったの。主税はわたしの部屋にいて、わたしを見るなり殴りかかってきた」

　殺されるかと思った。拳をこめかみに打ち付けられて、倒れ込む。鼻から落ちたせいで、ぱっと鼻血が舞った。主税はわたしの襟元を摑むようにしてわたしを起こして『どこに行ってた』と低い声で問うた。

『部屋にいろと言わなかったか。どうせ、あいつのところに行ったんだろう』

　こめかみと鼻が痛い。流れた鼻血が口の中に入ってきて、鉄臭さに噎せる。主税はわたしの耳元で『自分の立場が分かってんのか』と怒鳴った。耳がキンキンと鳴る。まるで警笛みたいだなと頭のどこかで思った。

『勝手に出かけた上、何日も連絡も寄越《よこ》さないで、俺を馬鹿にしてんのか』

　クソ、と吐き捨てるように言い、手を離す。傷みと恐怖で全身が震えていたわたしは血の散ったフローリングに倒れ込んだ。

『ああ、そうか。そんなにあいつがよかったんだな？　はは、不完全品とどんなセックスをしてきたんだか』

レズセックスはさぞかし気持ちいいんだろうなあ、と主税が嫌な笑い方をし、涸《か》れ果てたと思っていた涙が溢れる。わたしの愛した男は、こんな下衆なこと言いやしない。こんな非道なことをしない。でも、彼をこんな風にしたのはわたしだ。そしてあのひとを死なせたのも、わたしだ。

『アンさんね、死んだよ』

血の味に咳き込みながら言うと、主税が何だと、と驚いたように声を上ずらせる。

『自殺したよ。わたしが、発見したんだ』

くつくつと声がして、目だけ向けたら主税は笑っていた。とても嫌な顔をして、体を折って愉快そうに笑っていた。わたしは、悪夢でも見ているのだろうか。

「アンさんからの、主税宛の遺書を渡したの。そしたらね、主税はそれを受け取った途端にキッチンに行って、コンロの火をつけた」

信じられなかった。読みもしないなんて、どうして。慌てて縋るわたしを突きとばし、主税はコンロにアンさんの遺書をかざした。封筒はめらめらと燃え上がり、主税は封筒をシンクに放る。銀色のシンクの中で、アンさんの最後の想いはあっという間に燃え尽きた。わたしが駆け寄って摑みあげると、熱を残した燃えカスが無残に崩れた。

「すっきりした、と主税は笑ったの。これで全部終わりだ、って。その笑顔が恐ろしくて、わたしはもう殺さなきゃと思って、だから包丁を抜いた」

柳刃包丁《やなぎば》を抜いたわたしを見て、主税の顔が強張った。何をするんだと手を伸ばしてくる前に、お腹の前で包丁を構える。わたしの顔に本気を見たのか、主税が一歩後ずさった。

「殺してやる、って言って包丁を振り回して暴れてやったの。主税は真っ青になって、やめろやめろって言ってた。あんな弱気な顔を見たのも、あのときだけだったなあ。絶対に殺してやるって思ってたんだけどね、でもね、できなかった」

ラグビー経験者だからなのか、わたしが鈍くさいのか。主税はわたしの隙をついて、わたしの手から包丁を取り上げようとした。しばらく揉《も》みあった末に包丁が主税の手に渡り、何かの拍子にあっさりとわたしのお腹に沈んだ。

「主税が悲鳴をあげて、わたしは『あ、死んだな』と思ってそのまま倒れたんだ」

「……たしか、新名さんはかすり傷ひとつ負わなかったんだよね」

美晴がどこか悔しそうに言い、わたしははは、と小さく笑う。

「当たり前じゃん。わたしが殺したかったのは、わたしだもん」

包丁の切っ先は、主税ではなくわたしに向けたのだ。

美晴の、わたしの手と重なっている手がびくりと震えた。

主税が変わったのも、アンさんが死んだのも、全部わたしのせい。だからわたしは、わたしを殺してやろうと思った。こんな馬鹿な女、死んでしまえ。

「あそこであしないと、結局どこかでわたしは自殺していたと思うんだ。罪悪感に潰れて、生きていられなかった。でも、一度死にかけたことで、『死ななくてはならない』っていう強迫観念みたいなものが嘘みたいに消えたの」

一瞬死を間近に感じたせいなのだろうか。目が覚めて病院の天井を見上げた時には、死への欲求はどこにもなかった。ただ、感情のどこかが死んだ感覚があった。

「そこからは美晴の知ってる通り。みんなには本当のことを言う気になれなかった。だから、主税が結婚をチラつかせてわたしを騙《だま》し続けた末に愛人契約《けいやく》を持ち掛けてきたことにキレて暴れて逆に刺されたことにした」

隣室の住人が、主税がわたしを怒鳴っている声や、殴りつける音を聞いていた。止めて、燃やさないでというわたしの叫びを聞いて慌てて警察に通報し、わたしが倒れるのとほぼ同時に、警察が部屋に到着したのだそうだ。主税は自分が刺したと言い、そのまま警察に連行された。

わたしが意識を取り戻すとすぐに、主税の父親と弁護士というのが連れ立って来て、示談にしてくれと持ちかけてきた。目を見張るほどの示談金を提示され、わたしは了《りょう》承《しょう》して書類にサインをした。ただ、お金はいらないと言うと、大きな体軀が息子とそっくりな父親は、この金でできれば遠くに移り住んで欲しいと頭を下げてきた。二度と息子と出会わない距離にいてくれないか。あんたと出会って、息子は変わってしまった。いまだって、あんたともう一度やり直すと言ってきかないんだ。このままじゃまた、良くないことになってしまう気がしてならん。だから、遠いところへ。

死への欲求と同時に、主税への愛情も綺麗に消えていた。かつて夢中になり全てを捧げた記憶だけが、ドライフラワーのように胸の奥にあるだけだ。ここでまた主税と再会しても、その花びらを散らすだけの行為にしかならないだろう。そういうことならばと、わたしはそのお金を受け取った。

「それを元にして、わたしは祖母が住んでいた大分に移り住んだの。アンさんが死んだことで、わたしの第二の人生も終わってしまった。だから、第三の人生を誰も知らないところで自分の意思で始めようという思いもあったんだけど……」

喋りすぎたのか、酷く喉が渇く。わたしはグラスの残りを飲み干して、小さく息を吐いた。

「アンさんを見送ったのに、未だにアンさんがいないことが信じられない。アンさんをあんなに蔑《ないがし》ろにしたのに、何かあるとやっぱりアンさんを呼んでしまう。アンさんがいないってだけでこんなに苦しいのに、わたしはどうして、アンさんを……」

もう、何度も自分に問いかけた。わたしはどうしてアンさんを死なせてしまったのだ。どうして、わたしの声を聞いてくれたひとの声が聞けなかったのだ。アンさんを失望の中で死なせたのは、わたしの罪だ。わたしが一生背負う、拭えない罪。

美晴がわたしを抱きしめる。息ができなくなるくらい強く抱きしめながら、辛かったねと言う。ずっと、辛かったね。でも、話してくれてありがとう。私に貴瑚の辛さの半分をちょうだい。私だって、貴瑚とアンさんといつも三人で笑っていたのに、何もできなかったことが辛かった。何にも知らないで責めたことを、ずっとずっと後悔してた。だから、貴瑚の辛さを半分ちょうだい。貴瑚がそれを罪だと言うのなら、私にもその罪を半分背負わせて。

抱き合って、ふたりで泣いた。

# 7　最果てでの出会い

翌日、小倉を後にした。電車を乗り継ぎ、大分へ戻る。少しだけ瞼《まぶた》を腫らした美晴は、車窓の向こうに海と大きな入道雲を見つけ、「夏だねえ」と笑う。同じく目を腫らしたわたしも、「そうだねえ」と笑って頷いた。

美晴に全てを告白したことで、どこかすっきりした自分がいる。あのときのことが自分の中でどんどん膨れて破裂しそうだったのが、美晴のお蔭でほどよく抜けたのだと思う。罪の意識も喪失《そうしつ》感もなくなったわけではない。ただ、自分で抱えられる大きさになった。

それに、いまは何よりも52のことを考えなければならない。千穂さんも頼れる親戚もいないのだ。52を安心できるひとたちの場所へ連れて行くというのは、とても難しくなっている。警察や行政に相談して保護を頼むしかないのか。もうそれしか、手はないのだろうか。

最寄り駅からタクシーを使い、自宅に戻る。たった二日間外出していただけだけれど、

「家に帰って来たあ」と思わず口に出してしまう程度に、わたしはこの古い家に愛着を持つようになっているらしい。

「まず、空気の入れ替えをしよう。52、窓開けて回って」

美晴が指示をし、52は黙って動く。郵便《ゆうびん》受けを何となく覗くと、名刺《めいし》が入っていた。取り出してみれば、それは村中のものだった。裏側に、「至急連絡ください」と書いてある。

「何だろ」

連絡と言っても、わたしに連絡手段などない。少し考えて、美晴に「携帯貸して」と手を出す。電話をかけたいと言うと、美晴はスマホをわたしに差し出しながら、「携帯くらい契約してよ」と思い出したように怒った。このご時世に携帯を解約するなんて信じらんない。不便極まりないでしょう！

確かに不便ではある。美晴にごめんごめんと謝って、名刺に記された番号にかける。数コールで、村中の声がした。名乗るとすぐに『どこにいるの？』と訊かれる。

『家にいないよね？　どこか出かけてる？』

「何。それだけ？」

遊びに来て、わたしがいないことでメッセージを残していただけだったのか。それなら『至急』なんてつけるなよと呆れていると、『三島さんが子どもを誘拐したってことになってる』と村中が早口で言った。

『品城先生が、孫が誘拐されたって言ってるんだ』

「ははあ、そうきたか」

思わず声に出してしまう。予想の範囲内といえば、範囲内か。こうなるような気もしていた。そんなわたしに、村中は『何を冷静に言ってるんだよ』と焦った口調で言う。『誘拐なんて乱暴なことするようなひとじゃないのは分かってる。何か事情があるんだろう？』

「そう言ってくれて、ありがとう。さて、どうしようかな」

頭を掻きながら考える。美晴と52が、わたしの様子がおかしいのを察したのか近づいてきた。美晴が首を傾げるので、「わたしは誘拐犯になってるらしい」と言う。52の顔つきがさっと変わった。美晴は、「やっぱりね、そういうことはあると思った」と顔を顰める。

美晴が「さて、どうする？」と訊く。わたしは一瞬だけ考えて、電話の向こうで『何、どうなってんの？』と繰り返す村中に訊いた。

「ねえ。村中を信用していい？」

すぐに『してほしい』と返事がある。信用してよ。俺は、三島さんの言う方を信じるよ。


「……じゃあ、いますぐわたしの家に来て。誰にも、見つからないように」

通話を終えて、わたしを見ているふたりに「ひとり、こちらの知り合いを呼んだの。村中といって、信用していいひとだと、思う」と郵便受けに入っていた名刺を見せた。

「詳しいことはこのひとが来てから教えてもらうけど、わたしが52を誘拐したと騒いでいるのは、52のおじいちゃんらしい」

「へえ、母親じゃないんだ。確かおじいちゃんっていうのも、52のことをガン無視決め込んでるんでしょ？」

美晴が訊くと52が頷いて、デニムのポケットからメモ帳を取りだした。『もういい』と殴り書きする。

『ぼくがもどればいいんでしょ』

「もういいって、何。戻るのはダメ。あのね、やけくそになったらだめだよ。わたしもやけくそになって村中を呼んだわけじゃない。わたしは、あんたの周囲の情報を全く持ってない。その点、村中はずっとここに住んでる地元のひとだから詳しいんだ。いい案も出してくれるかもしれないから、ね」

52の手からメモ帳を取り上げて、閉じる。それを手のひらに載せると、52は不満そうにポケットに戻した。

「あ、そうだ。とりあえず、いまは帰って来たのがばれるとヤバいよね。玄関は施錠しとこう。門は……閉めたっけ？」

美晴が玄関に向かおうとし、その前に52の頭を撫でる。

「三人そろうと文殊《もんじゅ》の知恵っていうよ。大人が三人もそろうのに、きみをみすみす泣かせたりしない。心配すんなって」

美晴が言うと52は黙って奥へと消えて行った。

電話から二十分くらいで、村中はやって来た。遠慮がちに戸を叩くのでそっと開けると、身を滑らすように入ってくる。すぐに戸を閉めて鍵をかけると、「何かちょっと興奮した」と楽しそうに笑った。

「なにそれ」

呆れると、「秘密《ひみつ》基地に入るみたいじゃん」と悪びれずに言う。この状況が分かっているのかと思うけれど、深刻そうに「出頭しよう」と迫られるよりはよっぽどマシかと考え直す。

「とりあえず奥入って」

村中を連れて居間にいくと、美晴が「え。男」と素っ頓狂な声をあげた。

「てっきり女かと思ってた。眞帆《まほ》って書いてるから」

「や、男っす。それ、マホロって読むんすよ。漁師だった曽祖父《そうそふ》がつけて……ってどうでもいいですよね。あ、ええと、初めまして」

へこへこと頭を下げた村中に、美晴が「あ、牧岡美晴と言います。高校からの友人です」と会釈する。そのやりとりを無視して、村中に「事情を説明して」と頼んだ。

「いま、どうなってんの」

「ああ。今朝、品城先生が俺んちに来て、孫がいないって言うんだ。琴美は丘の上の家の若い女が連れて行ったと言う。で、この家に来てみたら人気《ひとけ》がない。だから、三島さんが孫を連れて失踪《しっそう》した……誘拐した、と言ってるんだ」

「何で品城さんは村中の家に？」

「うちのばあさんは、老人会で俺がこの家の修繕に入ったことをみんなに話していたらしいんだ。その……孫が誑《たぶら》かされているって感じで。それに、前に一緒に飯食ってたのも老人会の誰かに見られてたみたいなんだ。だから、俺と三島さんが付き合ってると勘違いしたらしい」

誑かした覚えはないし、一緒に食事をしただけで付き合ってることになるってどんな文化だ。不快が顔に出ていたのか、村中がわたしを見て「ごめん」と背を丸くする。うちのばあさん、俺がモテると勘違いしてるんだ。孫バカで。

「そのあたりはどうでもいい。警察には届けてるの？」

「いや、少し待つって言ってた。孫さえ帰って来てくれたら、それでいいって」

美晴と顔を見合わせる。警察に介入されると困るのは、きっと向こうだ。

「それでさ、俺にも事情を教えてくれないかな。どうなってるの、どこに琴美の子どもがいるの？」

村中が部屋を見回し、わたしは「おいで」と声をかける。

「大丈夫。このひとは、怖くないよ」

襖《ふすま》がそっと開いて、隣室から52がおずおずと顔を覗かせた。緊張からなのか、顔色も表情もない。村中が「へえ」と声をあげた。

「琴美……お母さんの若いころによく似てる。村中です、よろしく。きみは……あ、喋れないんだっけ？」

村中が言い、わたしが代わりに「そう。名前はいまだけ、52って呼んでる」と言うと、村中は奇妙な顔をした。最初の美晴みたいに何か言うだろうかと身構えたけれど、村中は詳しく訊こうとしなかった。代わりに、にっこりと笑ってみせる。

「初めまして、俺は村中です。悪いやつじゃないよ。だからそんなに警戒しなくて大丈夫。でも、怖いと思うなら三島さんの後ろにいるといい。そこは絶対に手を出せないから」

52が慌ててわたしの後ろに座った。それを待って、村中に「やけに子ども慣れしてるんだね」と言うと、「姉ちゃんの子どもが人見知りすごくてさ。俺のことが張子《はりこ》のトラみたいで怖いっていつも泣く」と哀しそうに告白した。張子のトラって何なんだろうな、子どもの感性って分からない。そんな村中に、美晴がぷっと噴き出す。

「それよりも、本題に入るね。あのね、わたしは、この子を琴美さんにも品城さんにも渡したくない」

はっきり言うと、村中は表情を真面目なものに変えた。

「この子は琴美さんからずっと虐待を受けていて、そして品城さんはそれを見て見ぬふりをしてる。数日前の夜中、この子はたまたま知り合ったわたしに助けを求めてここに逃げ込んできたの。頭からケチャップをぶちまけられてた」

「虐待……」

目を見開いた村中がわたしの背後の52に視線を移し、52はわたしの服の裾を摑んだ。

それからわたしは、彼が筆談が可能なことを知ってやりとりを始めたことや、琴美にきちんと面倒を見ると申し入れしたことも話した。それから三人で北九州に行った話も。琴美を昔から知る村中には衝撃が強すぎたみたいで、相槌が減っていった。さっきまでの余裕もなくなっていく。

一通り話し終えると、美晴がみんなに冷たい麦茶を用意してくれた。村中の前に置くと、村中は喉を鳴らしてひと息に飲んだ。それから意を決したように、村中は52を見た。そして、「三島さんの話を疑うわけじゃない」と前置きして「体を少しだけ見せてくれないか」と頭を下げる。

「信じられない、いや、信じたくないんだ。どうしても、まさかと思ってしまう」

振り返って52を見ると、52はその場でするりと立ち上がった。着ていたわたしのTシャツを脱ぐと、痣はいたるところに残っている。美晴は目を逸らし、村中は眉間に深いシワを寄せる。村中が、力なく「ごめん」と項垂《うなだ》れるように頭を下げた。ごめん。嫌なことをさせてしまったね。

52は静かにTシャツを着て、わたしは「これで信じてくれた？」と訊く。村中は手にしたグラスを握りしめながら、頷く。

「いや、この子がこんなにもしっかりしているのを見たら、疑いようがないよな。品城先生は、手の付けられない野生児だって言ってた。言葉も何も理解できないどうしようもない子だって言って……ああ、そうか」

独り言を言うように喋っていた村中がはっとする。それから、苦く笑った。

「前に、三島さんに話したよね。あの時言い回しを少し変えたけど、はっきり言うと、先生は出来損ないにはとても冷たかったんだ」

やっぱりな、と思う。そんな気がしていた。

「卒業したらそれなりに対応も変わってきて、あれは俺たちのことを考えてくれてたんだろうってことで仲間内では納得してたんだけど、ひとりだけ、ここから出て行った友達が言ったんだ。あいつは……潔癖症みたいなもんだぞって。綺麗なものだけ見ていたくて、自分の目につくところに汚れがあるのが許せないだけだ。自分の視界からいなくなればどうでもいいだけなんだから、されたことを許してんじゃねえよ、って」

そんなひとなら、喋れない52のことを孫として認められないのは想像に難くない。それにしても、娘が虐待しているのを見て見ぬふりまでするだろうか。

「あれ？　でもさ、優等生だった琴美さんは高校生で妊娠して、この町を出て行ったんだよね。そういうのは許せたのかな」

違和感を覚えた。娘が学生で妊娠となれば、堕胎《だたい》を迫りそうな気がする。みすみす退学させてしまうものなのだろうか。「確かに」と頷いた村中は「あ、そうだ。うちのばあさんならそのあたりのことを知ってるかもしれない」と閃《ひらめ》いた顔をした。

「八十を機に引退したけど、老人会の会長はずっとうちのばあさんがやっていたんだ。この町のことなら、何でも知ってる」

噂の——いや噂されていたのはわたしだけど、村中のおばあさんがそんな経歴の持ち主だったとは。しかし、このあたりの人間関係というのは狭いというか折り重なっているなと妙に感心していると、村中は「ばあさんに訊いてみようか」と言いだした。

「ばあさんは、品城先生の別れた奥さん——琴美の母親のことも知ってる。母親は小学校の教諭をしていて、こちらは悪い噂なんて聞かない、いい先生だったらしい。俺は受け持ってもらったことがないんで、よく分からないけど」

「ふむ……。それって、52のおばあちゃんてことだよね。いつ、離婚したの」

「いや、俺は全然覚えてない。ぶっちゃけると、琴美のことにそこまで興味なかったんだ」

申し訳なさそうに村中は頭を掻く。

父方の祖母がいいひとだったように、母方の祖母もいいひとだということは、あり得るだろうか。少し考えて、悩んでいても仕方ないと腹をくくる。村中に、「わたしたちをおばあさんに会わせてくれない？」と言った。

「この子が安心できる場所を探さないとならないの。そのためには悩んでる暇はない。おばあさんに会わせて。直接、話を聞きたい」

村中は驚いた顔をして、「でも、その、うちのばあさんって口が悪いんだ。失礼なことを言うかもしれないけど……」と口ごもる。

「そんなの平気。ねえ、村中の家に連れて行って」

重ねて頼むと、村中は「まあ……、それしかないよな」と躊躇いがちに頷いた。

「うちのばあさんは味方になると強い、と思う。どうなるかは分からないけど、行くか」

52がわたしの服を引く。不安そうな顔に「大丈夫だって」と笑ってみせた。

村中家は、コンドウマートの向こう側にあった。大きな日本家屋にしっかりとした造りの門を前に、村中はわりと坊ちゃんなんだなと思う。美晴はそれをはっきりと口にして、村中は「いや、古いだけ」と言う。オヤジは農協の一職員だし、母親はコンドウマートの総菜コーナーでパートしてる。昼間は、ばあさんしか家にいないんだ。だから、ゆっくり話ができると思う。

村中に案内されて、玄関に立った。出迎えるように古くて大きな大漁旗が掲げられていて、それに気圧《けお》されていると、村中が「曽《ひい》じいさんの形見」と言った。

「ばあさん、ただいま。眞帆だけど、ちょっといい？」

奥に声をかけると、「なんね」と低い声がして足音がした。暗がりから現れたのは、髪を紫《むらさき》色に染めてパンチパーマをかけたおばあさんだった。絶対コンドウマートで購《こう》入《にゅう》したと思われる、ハイビスカス柄のムームーを着ている。

「わあお、キャラ立ちすごい」

美晴が小さく言い、わたしは美晴の脇腹に肘鉄《ひじてつ》を入れる。それから、おばあさんに「押しかけて申し訳ありません」と頭を下げた。

「あの、わたし」

「ああ、あんた、あの丘の上の娘だね。コンドウマートで一度見かけたよ」

名乗る前に、おばあさんは言った。わたしを見回して、鼻で笑う。

「何だ、やっぱり孫娘じゃないか。みんな違う違うって、目が悪いねえ。そっくりやし、何より訳ありな顔しとるところまで、あのババアと一緒じゃないか」

その言い草に、むっとする。しかし、年寄りの過去のいざこざに首を突っ込んでいる場合ではない。おばあさんはわたしの後ろに隠れるようにして立っている52に気付くと、「どうしてその子をこっちに連れてくるんね」としゃがれた声を大きくした。

「会長さんの家に連れていってあげな。可哀相に、大層心配しとらしたが」

「そのことで、相談があるんだ」

村中が言うと、おばあさんは「あんた、仕事はどうしたね」と胡乱《うろん》な目を向ける。女が絡むと仕事をさぼるのはじいさん似だね。やだよ、ほんとうに。

「仕事は……、まあ、いいんだって。とにかく、三島さんの話を聞いてやってくれよ」

頼むよ、と村中が頭を下げると、おばあさんはわたしを見た。値踏みするような目を受け止めると、少しの間を置いて「こっちへおいで」と踵《きびす》を返した。のそのそと奥へと歩いていく。村中が小さな声で「入って」と言うので、「お邪魔します」と頭を下げて中へ向かった。

通されたのは、広い庭を見渡せる仏間だった。おばあさんは縁側に座り、わたしたちには「そこいらに適当に座りな」と顎をしゃくった。それから村中に「茶」と命じる。村中は大人しくいなくなったので、お茶の支度をしにいったようだ。最初のころ、ばあさんにきつく言っておくとか強いことを言っていたけれど、あれじゃ無理だったろうなとぼんやりと思った。

「それで？　相談ってなんな」

おばあさんに訊かれてはっとしたわたしは、「単刀直入に言いますと、この子は母親から虐待を受けています」と切り出した。

「祖父である品城さんは、娘が孫に手を上げていること、育児放棄をしていることを見て見ぬふりをしています。わたしはたまたまこの子と知り合っただけですけど、あのふたりにこの子を返すわけにはいかないと思っているんです」

おばあさんがわたしの隣にいる52をちらりと見た。正座をした52は、おばあさんの視線をぼうっと受け止めている。おばあさんは52を見つめたまま「それで?」と訊く。

「誰か、この子をきちんと育ててくれる人はいないかと探しているんです。この子を以前に育てていた父方のおばあさんと叔母さんを探しに行ったんですが、亡くなっていました。もう、頼るひとがいないんです。そしたら村中……さんが、母方のおばあさんがいると」

「昌子《まさこ》さんかね」

ふうん、とおばあさんが唸る。それから、ムームーのポケットから煙草のボックスを取り出した。手早くライターで火を点けようとすると、52が小さく悲鳴を上げてわたしの陰に隠れた。おばあさんは驚いた顔で自身の手と怯えている52を見比べ、ボックスを黙ってポケットに戻した。

「ふん。なるほどね。孫のことを訊いたらいつも同じことしか言わんけん、おかしいとは思っとった。社会経験のつもりで遊びに連れて来ればいいいて言うても、猿《さる》みたいやけん無理じゃって。よく言うわ。しかし、そうか。孫よりもやっぱり琴美が可愛いんやねえ、会長さんは」

ふ、ふ、とおばあさんは笑って、庭に視線を戻した。

「琴美も、可哀相な子なんよ」

呟くように言って、庭を見る。

「あの子は、生まれた時からそりゃあうつくしかった。年を取ってできた子どもでもあったけん、会長さんはあの子にえろう甘いでな。お姫さまんごと育てたんよ。でも昌子さんは、そんなことじゃまともな大人にならんて言うて、厳しく育てようとした。それでいつも会長さんと喧嘩しとったんよ。会長さんは琴美のためなら昌子さんに手も上げとったって話やね。あれは中学に入ってすぐのことやったな。昌子さんは大反対しとったのに会長さんは琴美にせがまれるままに携帯電話を買うてな。小遣いも前々からようさん与えとったらしい。それがいけんかったんじゃろなあ。どういうわけだか福岡の若い男と知り合って、駆け落ちしたのよ」

「まじかよ！」

大きな声がしてびくりとすれば、それはお茶の支度をしてきた村中だった。抱えたトレイを取り落としそうになって、ばたばたと足を動かしている。おばあさんは「お前は落ち着きが足りん」と顔を顰めて、自分の前をトントンと叩いた。ここにお茶を置けということだろう。トレイの落下をどうにか堪えた村中が、愕然《がくぜん》とした表情のまま素直に湯呑みを置く。

「二日、いや三日後やったかな、もう帰りたいて泣きながら連絡が来て、会長さんと昌子さんは大慌てで福岡まで迎えに行ったよ。福岡で何をしてたかまでは知らんが、まあ大体の想像はつくわね。昌子さんはこうなったんも娘を甘やかしすぎたせいじゃと会長さんを詰《なじ》ってな。でも会長さんはお前の管理が甘かっただけと開き直りよったのよ。しかも琴美も、昌子さんからの愛情が不足していたせいだて言い張った。昌子さんはもう無理やと思ったのやろうね。離縁してくださいて言うて、ひとりで出て行ったのよ」

湯呑みの、湯気の立ったお茶を一口飲んで、おばあさんはため息を吐く。わたしたちの前には冷たい麦茶を置いた村中が「信じられん」と言う。

「そんなの全然知らなかった」

「言うわけなかろう。噂になれば琴美が傷つくけん、大人たちはみんな口を閉じとったのよ」

お茶をもうひと啜りし、「会長さんが琴美をダメにしたのよ」とおばあさんは言う。あの子が何をしても、自分が尻拭いすりゃいいって呑気《のんき》に笑っとった。琴美には何不自由ないしあわせな人生を送らせるんじゃて言ってなあ。だからあの子は叱られたことも、思い通りにいかずに悔しい思いをしたこともなかった。でもそれは、可哀相なことよ。あの子は何もかもから自分を守ってくれていた父親から離れて初めて、世間に当たり前にある壁を知ったんじゃろうよ。水疱瘡《みずぼうそう》やおたふく風邪と同じでな、小さな子どもの内に覚えておかなきゃならんことを大きくなって知るのは、ものすごくしんどいものよ。だから琴美も、可哀相な子なんよ。

憐憫《れんびん》が滲んだ言葉に、わたしは琴美の顔を思い出した。あまりに老け込んだ顔は、彼女なりの苦労の表れだったのだろう。だからといって子どもを虐待していいわけではないけれど、哀しくなる。

「大方琴美は、どうしようもなくなってここに戻ってきたんじゃろう。でももう誰も——会長さんくらいしか琴美をちやほやせん。いい年をしてお姫さま気分の抜けんような女を誰が可愛がるね。虐待してたっていうのも、上手くいかないストレスを子どもへの暴力に変えていたのかもしれんねえ」

「彼女はいつまでも、可愛がられる側でいたいんでしょうね」

琴美と話した時、彼女は村中が自分に憧れているのだと思い込んで捲し立てるように喋った。あれは、自分に向けられた愛情を探していたのかもしれない。

「ひとというのは最初こそ貰う側やけんど、いずれは与える側にならないかん。いつまでも、貰ってばかりじゃいかんのよ。親になれば、尚のこと。でもあの子はその理《ことわり》が分かっとらんし、もう無理かもしれんねえ」

おばあさんが、とても残念そうに言う。その言葉は、わたしの胸にも刺さる。

「さてさて、昌子さんやけんど、別府《べっぷ》で暮らしとるよ」

よいしょ、とおばあさんが立ち上がりながら言った。

「年賀状《ねんがじょう》のやりとりだけはいまもしとるのよ。今年も確か、来とった」

どこやったかいな、とおばあさんは仏壇の傍に行き、棚を探る。漆塗《うるしぬ》りの文庫を見つけ、その中から年賀状の束を取り出した。

「眞帆、探し。確か、いまは生島《いくしま》て苗字よ」

「あ、はい」

束を受け取った村中が探っていると、サイレンのような音が鳴った。村中家のチャイム音らしい。村中が作業の手を止めて、玄関に向かう。残ったわたしたちはぼんやりと庭を眺めていた。そこに、争《あらそ》うような声がしてきた。

「ちょ、落ち着いてください、先生！」

「うちの孫を誘拐しといて何を言ってるんだね。お前の車に若い女と見慣れん子どもが乗ってたと、疋田さんが教えてくれたわ！」

どたどたと争うような声が近づいてきて、52がわたしの背後に隠れる。美晴がわたしの横に来て、52を守るようにふたりで胸を張った。

飛び込んできたのは、品城さんだった。顔を真っ赤にし、ぜいぜいと肩で息をしている。おばあさんが「会長さん、失礼ですよ」と静かに言ったけれど、耳には入っていないようだ。品城さんはわたしを指差して、唾を飛ばして怒鳴る。

「やっぱりおった！　あんた、三島さんといったね。うちの孫を返してくれんか！」

「わたしは、娘さんにちゃんとお預かりしますと言いましたが。そして、好きにしてと言われました」

品城さんに負けないように大きな声で言うと、品城さんは「阿呆《あほう》が」と吐き捨てる。

「そんな、子どもを犬猫のように扱えるものかね。娘は、その子がいなくなったから探すと言って、出て行ったんだぞ」

出て行った？　首を傾げると、村中のおばあさんが「出て行ったってまさか、いなくなったのかね」と訊く。品城さんが顔を歪めて頷くと、おばあさんは「会長さん。そりゃ、男と逃げたんじゃないんかね」と呆れた口調で言った。

「このところ、よし屋の駐車場に熊本《くまもと》ナンバーの車がしょっちゅう停まっとるげな聞いとったけど、あれは大方琴美の新しい男じゃろ。琴美はその嬢さんに自分の子どもを押し付けて、逃げたんやろうよ」

「な、まさか、そんなことがあるわけない。琴美は、その子が見つかれば帰って来る！」

「虐待しにですか？」

訊くと、品城さんがぎくりとしてわたしを睨みつけてきた。

「あんたは、何を言ってるんだ？」

「琴美さんはこの子を虐待しに戻って来るんですか、と訊いたんです。あなたも、この子に虐待されに戻れと言っているんですか？」

品城さんの手がわなわなと震え、わたしに近づいてくる。頭のどこかで、これはきっと殴られるやつだなと思う。わたしはそういう身勝手な拳を受けてきた。でも、殴られてもいい。わたしの後ろにいるこの頼りない子どもが安全ならば。

「琴美は、そんなことしていない！　琴美はこの子を躾けていただけだ」

「躾で、子どもの舌に煙草の火を押し付けますか⁉」

品城さんの足が止まった。「何てな？　酷いことを」とおばあさんが頭を振る。

「そ、そんな非道なことを琴美がするわけないだろう！　作り事だ」

「彼が喋れないのは三歳の時にそれをされたからだと、証言をもらってきました」

わたしの言葉に美晴が「何ならここでいますぐ電話をして、お話をしてもらいましょうか？」とスマホを取り出してみせる。品城さんは「嘘だ嘘だ。そんなのはまさか。そこまでするはずがない！」と声をあげる。

「嘘ばかり言って！　黙れ黙れ！」

品城さんが顔を真っ赤にしてわたしに摑みかかってこようとした。背中で52が小さな悲鳴をあげ、わたしは庇うように胸を反らす。老いた手がわたしの髪を摑む寸前に、村中が品城さんを押さえた。

「はいはい、先生落ち着いて。とりあえず座りましょう、ね？」

座らせようとする村中に、品城さんが身を捩る。

「何だ、お前。お前もこの娘たちの言うことを信じるのか。わたしと琴美を信じないのか」

「先生、昔言ってたじゃないすか。ひとの目を見て話す人間こそ正しいって。あの子たちはちゃんと目を見てるし、先生はいま、誰の目も見てないっすよ」

村中が言い、品城さんがわたしと美晴に目を向ける。真っ直ぐに見つめ返すと、品城さんの方が目を逸らした。それから村中が半ば力任せに品城さんを座らせた。わたしは無意識に呼吸を止めていたらしい。ふうふうと息をしてから、背後の52を振り返る。52

は小さく震えていた。膝を抱えて身を竦ませている彼の手をぎゅっと握る。

「大丈夫。絶対、あんたのことは守るから」

52がそっと顔を上げ、頼りなくわたしを見つめ返すのとほぼ同時に、おばあさんが訊く。

「会長さん、琴美の連絡先は分かるんだろう？　いますぐ電話して、琴美をここに呼びんさい。あたしが間に入ってやるから、ここで話をまとめようじゃないか。眞帆、電話を貸してやり」

おばあさんが言って、村中がポケットからスマホを取り出して差し出す。村中の手の上のスマホをぼんやりと眺めた品城さんは、力なく首を横に振った。背を丸め、小さくなる。

「そんなの、知るものか。探すために金が要《い》るって、家中の金を掻き集めて、男の車に乗って行った」

品城さんが項垂れる。秒ごとに萎《しお》れていくようだった。

「わたしが止めたら、男に殴られた。琴美は助手席で、こっちを見もせんかった」

魂を吐くような深いため息を吐いて、品城さんは顔を上げた。さっきまで怒りではちきれそうだった顔が、気力のない老人のそれになっている。白目は黄色く濁っていた。

「なあ。なあ村中さん。わたしはどうしたらよかったんだろう。あんなに大事に育てたのに、琴美は坂道を転げ落ちるどころか穴ぼこに堕《お》ちたように悪くなった。わたしを捨てていなくなって、やっと帰って来たと思ったら子どもを犬コロのように殴って蹴って、耳を塞ぎたくなるような汚い言葉で罵《ののし》るんだ。ああ、あれはもしかして琴美じゃないのかもなあ。琴美が、わたしに泥を掛けて逃げていくような真似、するはずがないものな。そうか、そうかもしれんな。あれは琴美によく似た生き物だったに違いない」

「あれはあんたの娘だよ。子育てをしちゃいけないってところが、よく似てる」

どうでもいいことのように、おばあさんは言い捨てた。琴美がこの子を置いて行ってよかったよ。この子はいつか琴美に殺されていたかもしれん。あんたの可愛い琴美は、恐ろしい子殺しをしておったかもしれんのよ。品城さんは、何も言わなかった。

それから少しして品城さんは落ち着きを取り戻したけれど、52の今後の話をしようとすると「分からない」を繰り返した。

「子どもの世話なんてしたことがない。琴美の時は、まだ生きてた姉が世話を焼いてくれた。でももう、姉はおらん。それに、その、そのムシ……その子どもは何にも出来んのだろう？　それをどうにかしろと言われても、分からない」

52の名前すら出てこないのか、指を差してその子ども、その子どもと呼ぶ。それまで声を荒らげることのなかったおばあさんが「しっかりせいよ！」と怒鳴る。あんた、そんな阿呆な調子で、何を偉そうにみんなに先生と呼ばせとるか。あんたは孫をひとり、見殺しにしていたろくでなしやないの！　品城さんはブツブツと小さく呟くばかりで、見かねた村中が「今日はもう帰った方がいいすよ、先生」と声をかけた。

「元々俺たち、琴美のお母さんに会いに行くつもりにしてたんす。先生は保護者として何か必要な時だけ、手助けしてくださいよ。頼んます」

村中が頭を下げると、品城先生が「そうか。うん、そうか」と頷いた。それくらいはする。何でも言え。悪いようにはせん。

「大丈夫なの、あれ。わりとおかしな状態になってるけど」

美晴が小声で言い、それが聞こえたらしいおばあさんが「惚けてきとったのよ」と言う。

「自慢話ばかり繰り返したり、大昔の喧嘩を持ち出して怒りだしたり、老人会でも問題になっとってな。会長職を降りてもらった方がええかとみんなで言ってたのよ」

それからおばあさんはわたしに、「もう夕方やけん、明日にでも昌子さんのところに行くとええ。昌子さんにはあたしから連絡しておこう。その子は、あんたの家で預かれるかね？」と訊いた。わたしは52の手を摑んで、「もちろん」と言う。

52は、母親が出て行ったと聞いたときも、祖父が自分にひとかけらの気持ちも見せずに帰ろうとしているいまも、何の感情も見せずにわたしの傍にいた。悔しいも、哀しいもない。ただ、目の前で起きることを見つめている。感情が揺れたのは、暴力を受けるかもしれないというその瞬間に怯えた、あれだけ。

千穂さんが亡くなったと知ったときから、この子は感情をどこか遠くに置いている。もう何も期待していないという顔をして、ただそこにいる。

「坊や、疲れたやろう。今日のところはゆっくり休みなさい。明日は、あの兄さんが坊やのおばあちゃんの家に連れて行ってくれるよ」

おばあさんの言葉を、52はつまらない話のように聞き、頷いた。

その日の晩は、我が家で過ごした。美晴は押入れを捜索して「やっぱ布団ないじゃん！」と言ったかと思えば村中に車を出させてゆめタウンまで行き、夏布団のセットを三組も買ってきた。何で三組も、と突っ込むと「来年は匠と来るもん」と平然と答えた。海も近いし、夏はここに来るしかないでしょ。ねえ52、匠っていう優しいお兄さんがいるんだ。会ったときには、仲良くしてよね。52は、曖昧に頷いていた。

ひとしきり美晴にこき使われた村中が家に帰ったので、夕飯は三人で食べる。北九州の料理でどれが美味しかったかという話から村中のおばあさんのムームーの話になり、最後に村中の話題になった。美晴は「貴瑚を助けてくれそうな男のひとがいてよかった」としみじみと言う。

「男手が必要な時って往々にしてあるものじゃない？　おばあさんにこき使われている姿を見るとちょっと情けないかもなと思ったけど、でも、ああいうタイプが一番いいのよ」

「あのねえ、村中とはそういうのじゃないの。今回はどうしても頼らざるを得なかっただけ」

村中に仲良くなりたいと言われたことは、絶対に知られないようにしようと思う。まだ、いやこれから先もずっと、そういう話題では盛り上がれない気がする。美晴もそんな気持ちを分かってくれているのか、それ以上は言わなかった。

食事を終えると、美晴は買って来たばかりの布団に包まってあっさりと寝てしまった。美晴にはずいぶん迷惑をかけてしまった。涎を垂らしている寝顔を少し眺めて、52に「わたしたちも寝ようか」と声をかける。

エアコンの効いた寝室に、わたしのベッド、52の布団、美晴の布団が川の字になって並んでいる。常夜灯を消すと、カーテンの隙間から月明かりが零れてきた。

「おやすみ」

目を閉じる。でも、なかなか眠れなかった。明日、52の祖母に会いに行って、今後のことを相談する。できれば、52を引き取って育ててもらうのがベストなのだろうか。それが無理なら、親戚を紹介してもらう？　無理なら……施設になるの？　いや、祖母がいいひとで、喜んで引き取ってくれると信じた方がいいのか。

でも何か、何かが違う気がする。52の信じていたひとは亡くなっていて、いまは大人たちの間をたらい回しのようにされている。わたしは、そんな52がどこかに落ち着くのを見届けて、でも、それで本当にいいのだろうか。

考えていると興奮してきたのか、ますます眠れない。明日、村中は早くに迎えに来ると言っていた。向こうで話が長引く可能性もあるだろうから、と。早く眠らなくちゃと、ベッドの枕元に置いているMP3プレーヤーを取り、イヤホンを耳に挿した。プレイボタンを押して、目を閉じる。何年も聞いていた声は、わたしをゆっくりと眠りへと引き込んでくれた。

夢を見た。

大きなクジラが二頭、海を泳いでいる。光の差さない深いところで、でもなぜか明るい。無数の光の気泡が、水底から湧いてきているのだ。わたしはクジラたちから遠く離れた位置にいて、ゆったりと泳いでいる彼らを見つめていた。クジラに近づきたくて必死に手足を動かすけれど、その距離は一向に縮まらない。

一頭のクジラが歌う。木霊《こだま》するような歌声はわんわんと響き、そのバイブがうつくしい金色の輪となった。輪は水中に溶けるように、しかししっかりと広がってゆく。澄んだ深青に広がる金。とてもうつくしい光景に、わたしは思わず見惚れて動きを止める。金色の輪は大きく太く、時に小さく細く形を変えて、わたしの頭上に向かって来る。

頭の上を通り過ぎたその瞬間、輪がひとの声に変わった気がした。

キナコ。

その声に驚いて振り返る。金色の輪はもうすでに近くになく、わたしのはるか向こうまで揺れながら去ってゆく。その輪を見送りながら思う。いま、とても懐かしい、優しい声を聞いた気がした。

アンさん？

さっきの声は、アンさんだろうか。もしかして、アンさんはクジラに生まれ変わったというのだろうか。声を聴いてくれる番を待つ、孤高のクジラに。いやまさか、そんなはずはない。彼は、次はきっと、群の中でしあわせに歌う生き物になるのだから。

キナコ。

新たな輪がもうひとつ、わたしの頭上を通り過ぎていく。輪を振り返って目で追い、それからわたしはクジラに叫ぶ。

アンさん？　アンさんなの⁉

わたしの声は、震えない。輪など生まれもしなくて、だからクジラに届きはしない。

ではあれはやはり、アンさんなの？　だって、わたしの声はもう、彼には届かない。

ごめんね、アンさん。わたし、あなたのこと本当に大事だった。

泣きながら叫んでも、やはり届かない。今度は、もう一頭のクジラが歌い出す。やはり金色の輪が生まれ、わたしに向かって来る。わたしは手足を大きく伸ばし、次の輪は全身で受け止めると決めた。輪は、わたしを目指して真っ直ぐに飛んできた。輪が近づき、わたしに触れた瞬間、弾《はじ》けた。

『たすけて』

その声は、はっきりと聞こえた。あまりにも大きく、鼓膜だけでなく全身に電流が流れたように震えた。反動で飛び起きると、そこは暗闇《くらやみ》のわたしの寝室で、背中にはびっしょり汗をかいていた。

「夢か。びっくりし……」

全身で息を吐き、何気なくベッドの下を見たわたしは息を呑む。52の布団が、抜け殻のようになっていた。

「え、トイレ？」

しかし胸騒ぎのようなものを感じて、美晴を起こさないようにそっと寝室を出る。頬に風を感じ、見ればきちんと施錠したはずの玄関の引き戸が少しだけ、開いていた。ざわりと、肌が粟立《あわだ》つ。

サンダルに足を突っ込み、玄関を飛び出した。月が明るく、夜道でも見やすい。52はどこへ行ったのだろう。周囲を見回し、海だと直感する。小路を駆け下りた。

昼間見たあの諦めきった顔は、あれは、死を覚悟していたのではないのか。何もかも失い続けて、もういいやと思ってしまったのではないのか。きっとそうだ、あの顔は、かつて死を考えていたときのわたしと、きっと同じだった。どうして、気付かなかったのだろう。

「やだ、やだ」

恐怖で泣きそうになりながら、必死で走る。足がもつれて、転倒した。手を突く余裕がなくて、顔から落ちる。右頬を削られたような鋭い痛みに顔を顰めるけれど、身を起こしてまた駆け出す。

「いかないで。お願い、いかないで」

もう、こんな形で置いていかれるのは嫌だ。失ってしまうのは、絶対に嫌だ。

網元の家の塀《へい》を大回りすると、月明かりに照らされた堤防の上に、人影があるのを認めた。

「何してんの！」

走り寄りながら叫ぶと、ゆっくりと人影が振り返る。それはやはり52で、わたしに気付くと首を横に振った。海に向かって飛び込みそうなそぶりを見せるのを、「だめ、だめ！」と叫んで止める。

「死なないで！　お願い、それはだめ！」

梯子に手をかけて上ると、52は堤防の上を走って逃げようとする。いくら明るいといえども、足場の悪いところではいつ落ちてしまうか分からない。ここの海は深いのだろうか、落ちても大丈夫だったりするのだろうか。よく分からないけれど、空と違って夜の海はどこまでも黒い。落ちたらきっと、深く引きずり込まれて死んでしまう。

「ねえ、わたしと一緒に暮らそう！」

叫ぶと、52の足が止まった。驚いたように振り返る顔に月明かりが差す。信じられないものを見たように目を見開いたその顔に、大きな声で言った。

「わたしと暮らそうよ。ふたりで、あの家で、一緒に」

慣れない全速力で、息が上がる。心臓が破裂しそうにポンプしていて、頬の傷はずきずきと痛んだ。ぜいぜいと息を吐きながら、わたしは言う。

「何が一番いいんだろうって、考えてた。あんたの声を聴くって言ったのはわたしじゃん？　だから、誰かにあんたを預けてそれで終わりというのは違う気がしてたんだ。それに、わたしがあんたの傍にいたい。ねえ、ふたりで生きていこうよ。わたしは素晴らしい大人じゃないけど、あんたを呆れさせることもあるだろうけど、でも一緒に成長していけるように、頑張るよ」

必死になって喋る。52は、わたしの真意を探るように見つめてくる。ひとを信じられなくなりかけているその顔に、「本当だよ」と言う。

「わたしは、あんたの傍にいたい。あんたが、出会うべき番に出会うのを見たいんだ」

52が不思議そうに瞬きをする。その戸惑った様子に少しだけ笑って、「ねえ、魂の番って知ってる？」と続ける。

「ひとから言われた言葉なんだけどね、ひとには魂の番がいるんだって。愛を注ぎ注がれるような、たったひとりの魂の番のようなひと。あんたにも、絶対いるんだ。あんたがその魂の番に出会うまで、わたしが守るよ」

かつて何度も思い返して抱きしめた言葉が、わたしの舌の上で鮮やかに蘇る。勝手に、涙が溢れた。

アンさん。ねえ、アンさん。さっき、わたしに声を届けてくれたクジラの一頭はアンさんだよね。わたし、最後の最後で、アンさんの声を聴けたんだね。アンさんはまた、わたしを助けてくれたんだね。わたしとこの子に、新しい人生を示してくれたんだ。

わたしはあなたをしあわせには出来なかったけど、この小さな子どもだけは、絶対しあわせにしてみせる。この子の声だけは、いつでも、いつまでも聴く。だから、許してとは言えないけれど、せめてわたしを、この子を見守ってください。

「わたしが守るから、帰ろう」

手を差し出し、愛を込めてその名を呼んだ。

「わたしと帰ろう、愛《いとし》」

月明かりの下、彼が大きく震えるのが分かった。それから、夜空を仰ぐ。波の音だけが広がっていた世界に、ああ、と声が響いた。ああ、ああ、と愛は体を折って声を上げる。その姿は何かと闘っているようで、わたしは手を出したまま見守る。溢れる涙を拭った愛は、わたしを見て叫んだ。

「キナコ！」

はっきりと、呼ばれた。その声はアンさんに似ていて、でも、愛の声だった。

「愛」

「キナコ！　キナコ！」

愛が駆け寄ってくる。勢いよく抱きついてくる体を、全身で受け止めた。確かな強さと温もりが腕の中にある。強く抱きしめ返して、わたしも声をあげて泣いた。

わたしはまた、運命の出会いをした。一度目は声を聴いてもらい、二度目は声を聴くのだ。このふたつの出会いを、出会いから受けた喜びを、今度こそ忘れてはならない。

遠くに地面を叩くような大きな音を聞いて、抱き合っていたわたしたちははっとする。涙を拭って、ふたりで海岸線の向こうを見た。

「うそ、でしょ……」

飛沫《しぶき》をあげながら海に沈んでいく、大きな尾びれを見た。

# 8　52ヘルツのクジラたち

わたしと愛が一緒に住む、というのは現状ではとても難しいと教えてくれたのは、琴美の母親の昌子さんだった。

昌子さんは几帳面《きちょうめん》そうな女性だった。品城さんと離婚後は実家のある別府に戻り、いまは再婚した夫や友人たちと数人で子ども食堂を運営しているという。大きな自宅の横に、『まさちゃん食堂』と看板の掲げられたプレハブ小屋があった。

「サチゑさんから連絡をもらった時は、悪い夢なんじゃないかと思った。あってはならないことよ。ああ、それにしても別れたころの琴美に、面差しがよく似とる。こんなに似とるのに、あのひとも琴美もなんて酷いことを……」

昌子さんは愛を見て、情けないと声を荒らげる。旦那さんの秀治《しゅうじ》さんは涙もろいタイプらしくて、祖母と孫の出会いにおいおいと泣いていた。ふたりの間に子どもはなく、わたしが事情を話すと、秀治さんは愛をぜひとも引き取って育てたいと言った。昌子さんも、引き取るのが当たり前だと頷いた。

「あのときはどうしようもなかったこととは言え、琴美を中途半端に放り出してしまったことを悔やんで生きてきたの。愛がこれまで苦しんで生きてきたのは、私のせいでもある。私には、愛をきちんとした大人に育てる義務があるのよ」

ふたりは里親制度にも詳しく、これまでも短期で子どもを受け入れては面倒を見てきたそうだ。こんなにいいひとたちならば、と思うけれど、愛は首を横に振る。

昨晩、ふたりで暮らそうと愛に言った。だから、愛は昌子さんのところへ行きたくはないと嫌がったのだけれど、村中のおばあさん――サチゑさんが連絡を取ってくれていることもあるし、少しでも愛を支えてくれるひとが増えるならと連れてきたのだった。

しかし、これまでの事情を説明し、愛はわたしと一緒に住むことを希望しているということを言うと、昌子さんは「何を言ってるの」と一層声を尖らせた。

「あなたが縁もゆかりもないこの子をここまで連れてきてくれたことには、心から感謝しています。優しい、素晴らしいお嬢さんだと思います。でもね、それとこれとは話が別ですよ。あなたの話を聞く限り、愛と出会ってまだ日が浅いわよね。これは一時の感情の盛り上がりで決めるべき問題ではない」

考えが甘い、と昌子さんは切り捨てるように言った。その昌子さんに、愛は首を横に振って拒否の意思を示すが、言葉は出ない。昨晩は喋ることができたけれど、当たり前に喋れるようになるには、まだ時間がかかりそうだ。何度か言葉を発しようとして、しかし上手く舌が回らない。行きの車内でも無理やりに声を作ろうとするとえずいてしまう、ということを繰り返していた。

言葉が出ない代わりに頑《かたく》なに首を振る愛を見て、昌子さんが眉を寄せてため息を吐く。

「愛の気持ちは、よく分かりました。では、順立てて説明しましょう。あなたたちは何も知らなすぎる」

昌子さんの話では、これからの手続きとしてまず琴美から親権を奪わなければならないという。確かに、琴美がまたふらりと戻ってきて愛の母親だと主張することも充分あり得るのだ。親権喪失という申し立てを裁判所にして無事に認められたら、次は代わりの親権者を探さなければならない。

「そこで未成年後見人という制度があって、もちろん三島さんがそれに名乗りをあげることは、できます。でもね、正直言って三島さんでは難しい。まず、全くの赤の他人であること。あとは経歴や家庭状況なども審査されるから……」

昌子さんは言葉を濁したが、独身である上に人生経験が浅く、しかも現在無職のわたしでは無理だということだろう。

「それに、愛はこれから病院にかからないといけないわね。学校も、場合によっては特別支援学級を探さなければならないでしょう。三島さんはこれから仕事に就いて、そして仕事と、愛を社会に戻すための諸々を並行して行わなければならなくなります。それが果たしてできますか？　難しいでしょう？」

　わたしに厳しく言った昌子さんは、愛にも顔を向ける。

「愛もそう。三島さんがあなたを助けてここまで連れてきてくれただけで、どれだけの面倒をかけていると思う？　三島さんの言葉に素直に甘えているだけではだめなのよ。ひとというのは、支え合って生きていくもの。でもいまのあなたは、三島さんに支えられこそすれ、支えることはできない。はっきり言って、負担でしかない。最初はよくても、いつか三島さんもあなたが重荷になるでしょう。あなたは三島さんが自分の重さで潰れるそのときも、彼女の背中に乗ったままでいるのかしら？」

　現実を突きつけられて、言葉にならない。ひとひとりを助け、育てるのは途方もない力がいるのだと今更ながらに痛感する。わたしはあれだけたくさんのひとに迷惑をかけたにも拘《かか》わらずまだ世間知らずの子どもなのか、と情けなくなる。隣に座っている愛を見ると、わたし以上に項垂れていた。膝の上に置かれた拳をじっと見つめている。涙を浮かべた横顔を見て、愛の拳に自分の手を重ねた。

「……現状、わたしがこの子をお世話することが難しいというのは、よく分かりました。

では、どうしたらいいのか、教えてくれませんか」

無理だから、という理由で簡単に諦めてはいけない。知らないのなら、教えを乞えばいい。訊くと、それまで黙っていた秀治さんが「これはぼくがいま思いつく方法だけれど」と前置きをして話し始めた。

「まずはやはり昌子が愛くんの未成年後見人となるべきだろう。血縁である昌子が名乗り出ることが一番手っ取り早い。他に親類縁者もいないし、すんなり通るだろう。それに、ぼくたちはこれまでたくさんの子どもたちのお世話をさせてもらった。中には体や心に傷を負った子もいたよ。彼らとの経験は、きっと愛くんの為になる。ぼくたちなら、愛くんを全力でサポートできると思う」

やはり、そういうやり方しかないのだろう。わたしでは、愛を充分に支えてあげられない。自分の無力さを悔やみ、思わず唇を嚙む。昨晩転んだ時に出来た頰の傷がずきずきと疼いた。

「……そして大事なのはここからなんだけど、愛くんが十五歳になったら、自分自身が申立人となって、後見人の選任を申し立てることができる。このひとに未成年後見人になって欲しいという愛くんの意思を、裁判所に伝えられるんだ」

意味が分からず顔を上げると、秀治さんは恵比寿《えびす》様のようにニコニコと笑っていた。

「いまからだと二年後になるね。二年後、三島さんがいまと同じように愛くんと暮らしたいと思い、愛くんもそう思うのなら、そこでまたこの問題を一緒に考えよう。しかしそのときには三島さんは自分の状況を改善して愛くんの受け入れ態勢を整えていなくてはならないし、愛くんも自立できていないといけないよ。二年後にもし、きみたちふたりが一緒に暮らしても安心だとみんなを納得させられるくらいに成長していたら、ぼくは昌子に未成年後見人を辞任するように勧めよう。そして、愛くんが三島さんを新たな候補として未成年後見人の選任を申し立てるのを手伝うよ」

愛と顔を見合わせる。希望がまだ、残されているというのだろうか。

「これは、簡単なことじゃない。ふたりとも大変な二年になると思う。本当に願っているのなら、死にもの狂いで頑張らなくちゃいけないよ。でもぼくは、きみたちが頑張ると言うのなら、いくらでも手を貸すつもりだ。どんどん頼って欲しい。さて、こういうところでどうだろう、昌子」

秀治さんが訊くも、昌子さんはわたしと愛を見比べて「問題を二年先延ばしにしただけのような気がするわ」と厳しい顔を崩さない。

「名案だと、思います」

手をあげておずおずと言ったのは、黙って会話を聞いていた美晴だった。

「私は、それに賛成です。いまの貴瑚ひとりで愛くんを抱えようとしたら、きっと共倒れにしかならない。二年って準備期間としてちょうどいいし、状況を冷静に見られるようになっていいのではないでしょうか」

美晴は昌子さん寄りの考えで、すでに、考えが甘いと散々わたしたちを叱った後なのだった。

「それなら俺は、三島さんの職探しを手伝うよ。正社員としてきちんと勤められるところがいいよね」

村中も手を挙げ、わたしは「ありがとう」と頭を下げる。それから昌子さんを見ると、昌子さんは「いいでしょう」と重々しく言った。

「……目標がある方が、人間頑張れると思うし」

渋々といった口調だったけれど、顔付きは少しだけ優しくなっていた。秀治さんがにっこりと笑う。

「ありがとうございます。愛、わたしは、それが一番いいと思う。あんたは、どう思う？」

愛に訊くと、泣き出しそうな顔でわたしを見上げてくる。それからこの場にいる全員を見回す。大人たちに何か言いたそうにして、しかしぐっと唇を噛んだ。

「あんたを捨てるわけじゃないよ。一緒に住むための、第一歩だ。わたしは諦めずに頑張るよ。だから愛も、頑張ろう。ね？」

重ねたままだった手を握って言うと、愛はゆっくりと頷いた。それからメモ帳を取り出した。『ずっと会えないの』と書いて、わたしたちに突き出してくる。

「あら、いくら何でもそんないじわるはしませんよ」

昌子さんがふっと笑う。

「いつだって会いに行けばいいし、三島さんもいつだって会いに来てくれていいのよ。それに、今日これからすぐにここに残れと言っているわけでもない。いまは夏休みでしょう。もう少し、三島さんと暮らしたらいいわ。私たちはその間に、あなたをよりよい環境で迎える支度をしましょう。どうかしら？」

そこまで聞いて、愛はようやくほっとしたように息を吐いた。わたしはその顔を見て、昌子さん夫妻に頭を下げた。

「よろしく、お願いします」

「こちらこそ、だよ。ぼくたちと愛を出会わせてくれて、縁を繋いでくれて、ありがとう。全て、きみのお蔭だよ」

秀治さんの言葉に、一瞬はっとする。それからわたしは、益々深く頭を下げた。

それから愛と美晴の三人で、ときどき村中が加わって夏を過ごした。海辺で水浴びをし、夜は花火もした。町の夏祭りで屋台にはしゃぎ、縁側で並んで昼寝をした。何度か別府にいる昌子さん夫妻に会いに行き、その時にはうみたまごという海沿いの水族館で遊んだ。愛はたまに微笑むようになって、キナコと呼べる回数が増えた。ミハル、と呼べた時には、美晴が泣いた。

品城さんは、琴美がいなくなったことが原因なのか、急激に認知症が進んでしまった。サチゑさんが町役場の知り合いにかけあって、どこかの老人介護施設に空きができ次第入ることになったという話を聞いた。校長時代の話しかせず、琴美の話題を出すと知らないと怒るらしい。サチゑさんは、『自分の器からはみ出るもんは切り捨てるような小さい男よ』と言った。そういえば老人会の会長はサチゑさんが返り咲いたらしい。

琴美は、未だ行方不明のままだ。愛の親権喪失手続きのためにも戻ってこられたら困るのだけれど、みんなは戻ってくるわけがないと言う。父親が施設に入ったと風の噂にでも聞けば、仮に引きずられても戻ってこないだろうさ。自分の母親がそんな風に言われるのは気持ちのいいことではないだろうけれど、愛は仕方ないという顔で聞いていた。

夏休みの終わりが近づいたころ、昌子さん夫妻から受け入れ準備が整ったと連絡があった。とうとう、愛を別府に連れて行く日が決まってしまったのだ。

別れが翌日に迫った晩、村中家の庭でバーベキューをしようと誘われた。サチゑさんからの心遣いらしい。

日が暮れてから三人で村中家へ行くと、いい匂いが漂《ただよ》っていた。庭先では村中がタオルを頭に巻いてバーベキューコンロの前に立っていた。村中の母親の悠美《ゆうみ》さん――何度か家を訪ねた時に会った――とサチゑさんがテーブルセッティングをしており、縁側に腰掛けた父親の眞澄《ますみ》さんはもうビールの缶を傾けていた。

「おお、待ってたよ！」

眞澄さんは、陽気なおじさんだ。いつもにこにこしていて、練習中だと言う下手《へた》くそなマジックを見せてくれる。村中は父親似のようだ。

「お邪魔します。あ、これお土産です」

大量に買ってきたビールとジュースを三人で掲げると、悠美さんが「あなたたち、それ全部飲む気なの」と笑う。サチゑさんは、「最近の若い女はビールなんぞで満足して軟弱《なんじゃく》な。麦を飲まんかい、麦を」と顔を顰める。

「肉、もうすぐ焼けるよ。イトシもやってみる？」

村中が声をかけると、愛が頷いて駆け寄っていく。わたしと美晴は悠美さんのところに行って、「お手伝いします」と持参したエプロンを掲げてみせた。

「やだ、お客様は食べて。従業員割引で、コンドウマートでお肉をたっくさん買ってきたのよ。それに、あとからケンタくんやおばあちゃんのお友達も来るらしいから、いいお肉をいまのうちに！」

悠美さんが笑い、サチゑさんも「はよ食べ」と言う。

「キナコ！　ミハル！」

声がして、振り返ると愛がトングを振り回している。肉が焼けたという合図らしい。持ち上げられた口角が愛おしい。

「よし、めちゃくちゃ食べるぞー！」

お皿と割り箸《ばし》を取って、美晴と笑った。

お酒を飲み、お肉を食べ、笑い合う。ひとが増えて宴《うたげ》は一層盛り上がる。日が沈み、空には星が瞬き、遠くからは波の音がする。わたしはビールを飲む手を止め、空を仰いだ。温かな笑い声。大事なひとの声。しあわせの匂い。死んでいたわたしが、ここにこうしているのが、ただただ不思議だ。

「そういや、クジラは無事に出て行ったんな」

「どうもおらんくなったってうちの息子が言うてたよ」

「変なクジラじゃったな」

近くにいたサチゑさんの友達――コンドウマートの常駐組が話をしている。みんなムームーで、しかも黄色いゾウやらモンステラ柄やらでカラフルだ。

わたしと愛が夜中に見たクジラは、夢でも幻でもなくて本物だった。たまたま、迷い込んできたらしい。姿を見せてはいなくなるというのを何日も繰り返し、地元のテレビ局が潮を噴く姿をたまたま捉えてニュースにもなった。そのクジラは、ここ数日全く姿を見せなくなった。

きっと、新しい仲間を探しに行ったのだと思う。

「キヨ子の孫は、貴瑚といったね」

しわがれた声がして、見ればサチゑさんが傍に立っていた。今日はダマスク柄のムームーで、もしかしたらサチゑさんはこの辺りのインフルエンサーなのかと思う。老人会の会長だし、何より友達全員がムームーを着ているこの影響力の強さよ。

「あ、祖母の名前をご存じなんですね」

言うと、サチゑさんは「あんなアクの強いババア、忘れられるわけないだろ」と顔を顰める。しかしどうしてだか、その顔つきに嫌な色はない。

「いまにも死にそうな訳あり顔でここに来て、阿呆な男たちがそれを見てそわそわし通しさ。ちょうど、うちの眞帆みたいなツラしてたよ。しまりのない、情けない顔だったよ」

孫をそれとなくバカにして、それからサチゑさんはわたしをちらりと見た。

「キヨ子は、誰にも理由を告げんとこっちに越して来たって言ってた。そうなのかい」

「ああ、はい。母とすごく仲が悪くて。わたしは何度かここに来ましたけど、母は祖母に接触するのも嫌がって、祖母が迎えに来てくれるほどだったんです。母は、どうして祖母がここに移り住んだか全く分からないと言ってました」

サチゑさんは背後を振り返って、愛が離れた場所で食事しているのを確認してから煙草に火を点けた。蛍《ほたる》のような火を瞬かせたあと、サチゑさんはゆっくりと紫煙《しえん》を吐く。

「子どもまで産んだ、好いた男が死んだんだとさ」

細長い煙が、夜空に溶けていく。

「本妻がいたから、葬儀にも出させてもらえんかったらしい。男は最後に会った時にキヨ子に言うたんて。俺が死んだら思い出の場所で待っててくれ、死んだ後でもどうにかしてお前に会いに行くから、ってな。その思い出の場所が、この町。ふたりでたった一度だけ旅行に出た先が九州で、ドライブしている時にクジラを見たんだと。大きなクジラが潮を噴いてたって言ってなあ」

「クジラ……」

　足元から何かが湧きあがるような感覚に襲われて、震える。サチゑさんを見ると、「なかなかロマンチックじゃろ」と煙草を咥えて笑う。

「おぼこい娘みたいな顔をして、あたしらに『このあたりにクジラはよく来るんですか』て訊いてなあ。そんなもんめったに来んて言ったら、しょんぼりしとった」

　くすくすと笑って、サチゑさんは「男どもが持て囃《はや》すのは気分が悪かったけど、まあ、本人はいいひとやったよ」と言った。

　わたしは、自分の家の庭を思い出す。遠くに海を眺めることのできる小さな家。祖母はあそこで、ずっとクジラを待っていたんだろうか。

「祖母は、クジラを見られたんですか」

　訊くと、サチゑさんは残念そうに首を振る。

「あんなもの、なかなか来んよ。あたしは娘の時分からここに住んどるけど、今度のを含めて三回ほどしか見たことがない」

　そうですか、と声が落ちる。しかし、サチゑさんは「浮気するんはどうかと思うけど、しかしいい男やったのやろうなあ」と明るく言う。

「好いた男がいつ会いに来てくれるのか楽しみなんです、て笑っとった。どうやって来るんかしら、もしかしてこれやろか、って蝶《ちょう》が舞っても嬉しいて言っとった。だからずっと、寂しくないいって。まあ当たり前やけど来るわけがないわな。あたしらは、キヨ子が死んだときに迎えに来たんじゃろて言うて、あの子を見送ったよ」

「いやいや、この間のクジラやろうよ」

「ひゃひゃ。いまごろ来ても遅いがね、ってあたしは海に向かって笑ったよ」

声がして、振り返ればさっきのおばあさんたちがこちらを見て笑っていた。その顔つきは、どこか温かだ。

「キヨ子さんがもうとっくに逝ったて気付いて、慌てたじゃろなあ。間抜けな男よな」

「いや、本妻さんの方に先に会いに行ってたかもしれんやないの。いけずな男やろうけんな」

「クジラになっても二股《ふたまた》しとるんかい。恐ろしいなあ」

笑うおばあさんたちとサチゑさんを見て、泣きそうになった。祖母はここで侘《わび》しく生きていたんじゃない。とてもしあわせに、生きたのだ。

サチゑさんが煙草を吸って言う。

「あんたも、ここで頑張りんさい。キヨ子の孫じゃ。どんなことを抱えてたとしても、いずれは笑って生きていけるわね」

「……はい」

目尻の涙を拭って、頷く。名前を呼ばれて振り返れば、愛と美晴がわたしに手を振っている。

「キナコ！」

「マシュマロ焼いてるの。めちゃくちゃ美味しいよ！」

こっちこっち、というふたりに「行け行け」とサチゑさんが言う。おばあさんたちに会釈をして走る。

「ほら、これチョコマシュマロ」

蕩けたマシュマロに、チョコレートがかかっている。バーベキューの炎に照らされた美晴と愛は、楽しそうだ。汗だくの村中とケンタが、「肉も食べて！　減らない！」と言い、村中夫妻は縁側でそれを微笑みながら眺めている。結局焦げた肉とマシュマロを交互に食べた村中が「不味《まず》い」とビールを一気飲みし、ケンタが「眞帆さんかっこいい！」と囃し立てる。次はケンタがイチゴマシュマロと豚バラを突きつけられて、顔を引き攣らせた。

「ねえ、貴瑚。私、明日東京に帰るね」

笑っていると美晴が言う。さすがにそろそろ、帰らなくちゃいけないんだ。ごめんね。

その声は、少し暗い。

「あ、そうだよね。うん、長く、いてくれたもんね」

言いながら、お腹の奥に風が吹く。大事な部分がぽっかりなくなってしまうようだ。ここまで探しに来てくれて、わたしの辛さを半分受け取ってくれた美晴がいなくなると思うと、とてつもなく寂しい。明日は愛もいなくなるというのに、美晴まで。でも、美晴をここにずっと縛りつけておくわけにもいかない。そんなことをしてしまえば、匠くんが怒鳴り込んでくるだろう。

「ありがとう」と必死に笑顔を作る。

「本当に、ありがとう。美晴のお蔭で、わたし前を向けたと思うんだ」

「それは、愛のお蔭だよ。それと、貴瑚本人の頑張りかな」

ふふ、と笑って美晴はわたしを抱きしめた。

「明日、お別れの時に言うときっと言葉がでなくなっちゃうし、帰れなくなっちゃうから、いま言うね。貴瑚は私の、誰よりも大切な親友だよ。だから、これから何かあったときは迷わず言って。助けてって言って。どこにだっていつだって駆けつける。何があっても、私は貴瑚を助ける。だからここで、いまみたいにずっと、笑っててね」

「……何よ、もう泣いてんじゃん」

「ふん、貴瑚こそ」

抱き合って、泣いた。わたしはしあわせだ。本当に、しあわせだと思う。何もかも失ったと思っていたのに、気付けばこんなにも、たくさんのものを持っている。

「酔っ払いが泣いてるぞー。イトシ」

ケンタがにひひと笑い、「うわ、眞帆さんが何で泣いてんの」とすぐに素っ頓狂な声をあげる。見れば、村中が男泣きに泣いていた。村中は、最初のころと印象が違い過ぎる。わたしと美晴は涙を拭ってその姿に笑い、村中は「三島さんが笑ってるだけで感動する」と益々泣いた。

そのとき、サチゑさんが「あんた、何ね!」と叫んだ。

その声に驚いてみれば、品城さんがふらふらとこちらに近寄ってくるところだった。初めて会ったときには綺麗に撫でつけられていた髪は乱れ、服もだらしない。女性用のサンダルを履いた品城さんの手には杖が握られていた。太い杖は義父の榆の杖を思い出させて、わたしの足が竦む。品城さんはわたしだけを見つめていた。その目にあるのは、憎しみだ。

「お前のせいで、琴美がいなくなったんだ。琴美を返せ。すぐ返せ」

「じいさん、危ないって。うわっ」

ケンタが杖を取り上げようとするも、品城さんは杖を振り回して威嚇《いかく》する。次に村中がいき、しかし村中は杖先を避けきれずに殴られてしまった。勢いのついた杖先の衝撃は強かったらしく、村中はその場に倒れてしまう。

品城さんがわたしに近づいてくる。美晴の悲鳴が聞こえ、愛がわたしの手を引いて逃げようとする。しかしわたしは、杖がびゅんびゅんと空を切る音に動けなかった。品城さんが、義父に見える。あれ、義父は確かわたしが出て行って半年ほどで死んだんじゃなかったか。恩知らずは来なくていいと言われて葬儀にも出ていないから、分からない。実は生きていて、わたしを叱りに来たのだろうか。

「許さん、許さん！」

品城さん――義父がわたしに杖を振り上げ迫ってくる。ああ、殴られてしまう。目を閉じて、思わず叫ぶ。

「助けて、アンさ……！」

その瞬間、わたしの横から何かが飛び出して、義父を突き飛ばした。よろよろと倒れたのは品城さんで、わたしは瞬きを繰り返す。いま、何が起きたのだ。

「イトシ！」

ケンタが叫んで、見れば品城さんを突き飛ばしたのは愛だった。全身で息をした愛が振り返ってわたしを見る。

助けてくれた。愛が、助けてくれた……？

へなへなとその場に座り込んだわたしに、美晴が「貴瑚、大丈夫？」と肩を摑んで揺さぶる。

「だ、大丈夫。あ、村中を……」

「悠美さんたちが看てる」

全身から汗が噴き出る。怖かった。こんなことが起きるとは思ってもみなかったし、こんな風に過去がフラッシュバックするとも思わなかった。胸に手を当てて深呼吸を繰り返していると、ふと目の前に細い足が見えた。一瞬、こんなことが前もあったなと思う。顔を上げるとそれはまだ呼吸を荒くした愛で、手を差し出してきた。

「助けて、くれたんだね」

震える声で言うと、愛は強張った顔のまま頷いた。

「つよくなる。これから、もっと」

その目には、これまで見たことのない強い光が宿っていた。その強さに目を奪われて、呼吸をするのも忘れた。

それからは、バーベキューどころではなくなる大騒ぎとなった。警察が来て、品城さんは連れて行かれた。ぼうっと虚空《こくう》を眺めたまま連行される品城さんに、ただただ哀しくなる。村中は出血があったので救急車で病院に運ばれたけれど、軽い脳震盪《のうしんとう》と診断された。不幸中の幸いだと思う。

事情聴取などで明日はそちらに着くのが遅れそうだと連絡をしたら、昌子さん夫妻が来てくれることになった。昌子さんは別れた夫のしでかしたことに酷いショックを受けていて、しかし「あのひと親類縁者がいないのよ。夫婦だったよしみで、多少の手伝いはしないとね」と言ったのだった。何度か会って感じていたけれど、昌子さんはとても優しいひとだ。きっと、愛を愛情深く育ててくれることだろう。

ようやく落ち着いたころにはすっかり夜も更けていて、わたしと愛はふたりで堤防に腰かけていた。美晴は布団でぐうぐう寝ていて、それを起こさないようにそっと抜け出してきたのだった。

「眠い？」

訊くと、愛は首を横に振る。遠くの水面に月が浮いていた。まるで世界の果てにいるような、静謐《せいひつ》な夜の景色を、ふたりで並んで眺める。

「あのね、愛が向こうに行ってしまう前に、ちゃんと話しておこうと思って」

少しだけ言葉を探した後、わたしは「わたし、あんたに会うまで死んでたんだ」と話し始めた。

「ここに来る前に、大好きなひとを死なせてしまって、そしてもうひとりの大好きなひとを恐ろしいひとに変えてしまった。それが辛くて、自分も死にたいと思ったのに死ねなくて、だから心だけ死んでたと思うんだ」

愛は黙って耳を傾けてくれる。

「前に、わたしはわたしの声を聴いてくれたひとの声を聴けなかったと言ったでしょ。そのせいで、死なせてしまったの。そのことがずっと辛くて、自分を許せなかった。わたしがあんたにしようとしたことは、そのひとに対する、できもしない贖罪だった」

波の音が優しい。小さな雲が月明かりによって形を現している。

「その贖罪がいつしか、わたしを生かすようになってた。あんたのことを考えて、あんたのことで怒って、泣いて、そしたら死んだと思っていた何かが、ゆっくりと息を吹き返してたんだ。わたしはあんたを救おうとしてたんじゃない。あんたと関わることで、救われてたんだ」

愛を見て、「ありがとう」と言う。

「あの雨の日、わたしに気付いてくれてありがとう。わたし、あんたの声を聴くために出会ったと思ってた。聴けなかったひとの……アンさんの声の代わりに、あんたの声を聴くのが使命とすら思ってたかもしれない。でもそれ、驕りだった。わたしはまた、『助けて』という声を聴いてもらえていたんだよ」

さっき品城さんからわたしを守ってくれた手を取る。まだ頼りない少年のそれを両手で包む。

寂しくて死にそうだったあのときも、そうだ。わたしの傍に来てくれたのは、この子だった。わたしは彼に、見つけてもらえたのだ。

「わたしを見つけてくれてありがとう、愛」

「キナコ」

愛が、わたしの手にもう片方の自分の手を重ねる。それから、はにかむように笑った。それはとてもかわいらしい笑顔で、わたしは夢でも見ているのかと思う。

「きいてくれた」

ゆっくりと、愛が言う。

「あの夜、たすけてと言ったぼくのこえ、キナコはきいてくれたよ」

優しい声だ。わたしの耳をやわらかく揺らす、何よりもうつくしい旋律。

「だから、きてくれた」

喋りすぎたのか、愛が噎せ返る。何度も咳をして、それから涙の滲んだ顔にもう一度笑顔を浮かべて、言った。

「キナコに会えて、よかった」

嬉しくて、言葉が出ない。あの晩、全身で感じた声は夢じゃなかった。わたしはちゃんと、全身で彼の言葉を受け止めていたのだ。受け止めることが、できたのだ。

「これから頑張ろうね、愛」

手をぎゅっと握って、何度も繰り返す。これからわたしたちは、どんなことがあったって頑張れるよ。だって、離れていても声を聴いて、声を聴かせてくれるひとがいると知ったもの。それに、わたしたちはたったひとりで群に飛び込んで生きていくんじゃない。ふたりで、この手の熱を感じて、存在を感じて、わたしたちの声を聴いてくれる群で生きていくんだ。それはとてもしあわせなことなんだよ。わたしたちにはもう、孤独に歌う夜は来ない。

遠くに、クジラの鳴き声を聞いた気がした。優しい歌声は、わたしたちを喜んでくれているのか、それとも囁きかけているのか、分からない。顔を上げて海を見ると、愛にも聞こえたのか同じ方向を見た。

「52ヘルツ」

愛が呟いて、耳を澄ませるように目を閉じる。その横顔は祈っているようにも見えた。わたしも、目を閉じて祈った。いまこのとき、世界中にいる52ヘルツのクジラたちに向かって。

どうか、その声が誰かに届きますように。

優しく受け止めてもらえますように。

わたしでいいのなら、全身で受け止めるからどうか歌声を止めないで。わたしは聴こうとするし、見つけるから。わたしが二度も見つけてもらえたように、きっと見つけてみせるから。

だから、お願い。

52ヘルツの声を、聴かせて。

# 解　説　感動の先を見せてくれる「絶景本」

内田　剛

アメリカ現代音楽の鬼才《きさい》ジョン・ケージの代表作に「4分33秒」という作品がある。壇上《だんじょう》のピアニストが音を出さずに沈黙《ちんもく》し、聴衆がその空間に流れる音を聞くという楽曲だ。僕らひとりひとりがいまこの瞬間に息をしながら生きているように、人間の営みを包みこむ音たちも絶えず変化をしながら揺蕩《たゆた》っている。必然ではなく偶然に発せられる音にこそ真実の声が隠されているのではないか。そこには本書にも通じる哲学的な印象がある。

魅力的《みりょくてき》な表題である「52ヘルツのクジラ」とは、同じクジラの仲間たちにも聞こえないような周波数で歌を歌う、世界で一頭しかいないクジラのこと。無限に広がる大海原を巨大な身体《からだ》で泳ぎながらも究極の孤独《こどく》を感じている。これは生きづらい現代の象徴でもある。理不尽なことばかりのこの世に生まれ、苛烈《かれつ》な日々に心が傷つき、身体を痛めながらもひたむきにもがき続けている僕らのためにある物語なのだ。登場人物の誰かに共感できるばかりか、この物語の中に自分、そして親しき誰かの姿を見ることができるであろう。良い物語とは、それが創作物であっても決して他人事にはならない。読む者の心に火を灯《とも》し、明日への糧《かて》となるものなのだ。

日常に耳にしている音や声。巷《ちまた》にあふれる雑音や騒音に耳を塞《ふさ》いでしまい、僕らは本当に聞かねばならない大切な声を聞き逃していたのではないだろうか。五感を研ぎ澄ませれば、これまで聞こえなかった声が聞こえてくる。この世にはなんとたくさんの音があふれているのだろう。本書を読めばセピア色の風景が鮮やかに彩《いろど》られる。そして見えなかった景色が見えてくる。無意識のうちに目を背けていたものに対して真正面から向き合うことができるのだ。人と人は互いを知ることからすべてが始まる。他人を理解することこそが、自分自身を知ることにもなる。愛おしい絆が教えてくれるかけがえのない日々。真っ直ぐなメッセージが魂に突き刺さるだけではない。血肉や骨格になるような確かな「学び」もある。まさに感動のその先を見せてくれる「絶景本」なのだ。

読み返して、心の底から素晴らしい一冊であると実感した。琴線《きんせん》に触れるとは、こうした読書体験を指すのであろう。展開や結末が分かっていても心が大きく揺さぶられ、ジワジワと涙が込みあげてくるのだ。読みどころしか見当たらず、何度でも何度でも違った感動を味わえる。人肌の温もりが存分に伝わり、読めば誰もが優しくなれる。これぞまさしく本物の文学作品。伝えていかねばならない。未来永劫《えいごう》、読み継がれるべき小説なのだ。本書には言葉を超越したソウルフルな関係性が「魂《たましい》の番《つがい》」というキーワードで登場するが、まさにこの物語そのものが、著者と読者をつなぎとめる「魂の番」と感じられる。

なぜこれほどまでに心を揺さぶるのか、改めて考えてみた。読みながら全編から感じられるのは涙、汗、血といった圧倒的な水分だ。鮮烈《せんれつ》な海の情景が脳裏に焼き付き、少年との出会いとなった雨のシーンもまた印象深い。人間の身体の六十パーセントは水分といわれ、僕らは水がなければ生きてはいけない。この作品はおそらく人間と同じ成分で出来ているのではないだろうか。さらにその水は父なる大地から湧き出し、小さな泉から様々な流れと絡みあって、清流から濁流まで呑みこんで母なる海へと注ぎこむ。そして蒸発して天に昇り、雨となってまた地上へと降り注ぐ。まさに輪廻転生《りんねてんしょう》のような感動の渦《うず》。本書からもそうした自然の理、絶対不変の運命が見える。無限の力が身体の奥底から突きあがり、どんな悩みも掬《すく》いとってくれるような大いなる包容力がにじみ出ているのだ。

物語の舞台は風光明媚《ふうこうめいび》な大分《おおいた》県の海辺の町である。都会生活で修羅場《しゅらば》を経験した若い女性・貴瑚《きこ》が逃げるようにして手に入れた安息の地。静寂をもとめていたはずのその場所でひと騒動巻き起こる。狭い世界ならではの監視に思わぬ誤解、違和感だらけの毎日。そこに自分を「ムシ」と呼ぶひとりの少年が転がりこんでくる。実の母親から愛されない彼もまた、小さな背中に大きな十字架を背負っていたのだ。あまりの苦しさで言葉を失ってしまった彼と「わたし」との自然体の交流。庇護《ひご》するつもりが、いつしか逆に生きる希望を与えられていたことに気づかされる。実は二人は似た者同士だったのだ。言葉はなくとも通じ合うむきだしの魂の交錯《こうさく》に、何度も涙がこみ上げてきた。どんなに孤独であっても、ひとは決して一人では生きられない。誰もが誰かに寄り添い、助け合うことによって生きていけるのだ。さまざまな事情を抱え陰のある彼女を取り巻く人間模様は、時にサスペンスに満ちており、少年の過去をめぐる旅路は実にスリリング。サプライズの連続である展開は、上質なミステリー小説のような風味も醸し出している。過酷な運命に翻弄《ほんろう》されながらもひたむきに生きる登場人物たちの姿を目《ま》の当たりにして、改めて命の尊《とうと》さが伝わってくるのだ。

著者の出世作であり令和文学の傑作といえる『52ヘルツのクジラたち』が発売されたタイミングは、あたかもシナリオがあったかのようにドラマティックである。著者の町田そのこは、今でこそ揺るぎない人気作家となったが、まさに『52ヘルツのクジラたち』を出したことによって、その声がたくさんの読者に届いたのである。良き物語はそのストーリー自体にも、物語にしかなしえない奇跡があるが、それだけでは埋もれてしまう。読者の手に渡るまでにも大いなるドラマがあるのだ。

本書を語るうえで、記憶に刻んでおかねばならないのは二〇二一年本屋大賞の大賞作品となったことであろう。しかし、決してはじめから順風満帆に売れ行きを伸ばしていたわけではない。むしろ前途多難なスタートであった。振り返ってみれば、町田そのこは二〇一六年「女による女のためのR－18文学賞」でデビュー以降、『夜空に泳ぐチョコレートグラミー』や『ぎょらん』といった好著を世に送り、文芸ファンの間で評価されていたが全国的にはまだ無名の存在。初版部数も極めて少なく予定されていた。しかし初の長編作品である『52ヘルツのクジラたち』の最初の読者でもあった担当編集者が一念発起《いちねんほっき》したのだ。あまりにも素晴らしい原稿が手元に届き、一読して衝撃を受け、号泣を超えて「鼻血が出た」という（この強烈なフレーズは後に店頭ＰＯＰでも活用されることとなる）。「編集人生を懸けて世に送り出したい」と情熱をもって編集仲間や営業担当、書店員にゲラを配って応援を募り、社内を説得して初版部数を引き上げた。このマグマのような熱意が原動力となって、本屋大賞受賞につながったことは間違いない。

しかしながら単行本発売の二〇二〇年四月は新型コロナウイルス感染症拡大による緊急事態宣言が発令されたまさにその時。頼りにしていた書店も休業や時短営業を余儀なくされ、販売機会が大きく失われてしまった。新型ウイルス蔓延《まんえん》という未曽有《みぞう》の危機。錯綜《さくそう》する情報により、平穏な日常を過ごしていた我々の生命の不安も高まり、ステイホームによって当たり前の生活も崩壊《ほうかい》した。非日常が日常となってしまった状況の中で、人々の心の拠《よ》りどころとなったのが『52ヘルツのクジラたち』だった。迷える多くの人たちのチューニングに見事にはまったのであろう。喪失《そうしつ》の哀《かな》しみや孤独の痛みを抱える登場人物たちに、ままならない現実の状況が絶妙に重なって、書店員たちの間でもSNSを通じて共感の輪が広がっていった。こういう時だからこそ、売りたい、届けたいという想いが目に見えるカタチとなっていった。発売二か月後に重版が決まり、話題書コーナーで展開。その後、新聞宣伝やテレビ番組での紹介、年末ベスト本での取上げ、本屋大賞ノミネート、そして悲願の本屋大賞受賞とつながり国民的ベストセラーへと駆け上っていったのである。

このようなひとつの伝説ともいえるシンデレラストーリーの肝《きも》は、もちろん図抜けた作品力ではあるが、忘れてはならないのはその物語に感銘《かんめい》し、絶大なる信頼を寄せて、ただシンプルに一人でも多くの読者にこの本の素晴らしさを伝えたいと行動を起こした同志たち（書店員、出版社、関係者）の力である。いい本が売れるわけではない。よきサポーターと出会った特別な一冊が人々の心を突き動かしてベストセラーとなるのだ。コロナ渦に生まれたこの物語は新たなスタンダードとして売れ続けている。刊行から三年という時を経て、ちょうど新型コロナウイルスの感染法上の分類が２類相当から５類へと移行されるタイミングで文庫化されることも何かの縁であろう。ともあれカジュアルな体裁《ていさい》となった『52ヘルツのクジラたち』が、さらにたくさんの読者の手元に届けられる機会を得たことはこの上なく嬉しい。

町田そのこの活躍は勢いを増している。本書の刊行後も『星を掬う』（二〇二一年刊）、『宙ごはん』（二〇二二年刊）と立て続けに本屋大賞ノミネート作品に選出されており、全国の書店員から愛され、いまや新作が待たれる注目の作家のひとりだ。次はいったいどんなテーマで僕らを感動の渦に巻きこんでくれるのか、今後が楽しみで仕方がない。当代随一《ずいいち》の感度の鋭い作家の声に、僕らも思う存分耳を澄まそう。作品の中で活き活きと躍動《やくどう》する人たちの、不器用でも真摯《しんし》に生きる姿が心に沁みわたる。喜怒哀楽《きどあいらく》と生老病死を見事に物語世界に昇華させる豊かな筆力。清廉《せいれん》な祈りと明日への希望が凝縮された町田そのこ作品が読まれるほどに、混沌《こんとん》としたこの世の霧《きり》が晴れていくことは間違いない。

（うちだ・たけし　ブックジャーナリスト）

この作品はフィクションです。
実在する人物、団体等とは一切関係ありません。

『52ヘルツのクジラたち』二〇二〇年四月　中央公論新社

中公文庫

# 52ヘルツのクジラたち


2023年 5 月25日　初版発行
2023年12月15日　9 刷発行

著　者　町田《まちだ》そのこ

発行者　安 部　順 一

発行所　中央公論新社
〒100-8152　東京都千代田区大手町 1-7-1
電話　販売 03-5299-1730　編集 03-5299-1890
URL https://www.chuko.co.jp/

ＤＴＰ　ハンズ・ミケ
印　刷　大日本印刷
製　本　大日本印刷




Published by CHUOKORON-SHINSHA, INC.
Printed in Japan　ISBN978-4-12-207370-8 C1193

定価はカバーに表示してあります。落丁本・乱丁本はお手数ですが小社販売部宛お送り下さい。送料小社負担にてお取り替えいたします。